AF200669

Gabriele Böing

Zur Not stelle ich mich tot

Erfahrungsbericht über Panikerkrankung,
Drehschwindelattacken und Klinikaufenthalt

Impressum

Bibliografische Information der Deutschen
Nationalbibliothek:
Die Deutsche Nationalbibliothek verzeichnet diese
Publikation in der Deutschen Nationalbibliografie;
detaillierte bibliografische Daten sind im Internet über
http://dnb.dnb.de abrufbar.

2. Auflage

© 2020 Gabriele Böing

Herstellung und Verlag: BoD – Books on Demand,
Norderstedt

ISBN: 978-3-7504-8202-9

Erfahrungsbericht: Wie eine Frau mit einer Angst- und Panikerkrankung, die sich in psychogenen Schwindelattacken äußert, ihr Leben nach einer klinischen Verhaltenstherapie neu ordnet

Alle Namen, Daten, Firmierungen und Handlungen in diesem Buch sind völlig frei erfunden. Jede Ähnlichkeit mit lebenden oder verstorbenen Personen ist rein zufällig. Es handelt sich somit nicht um tatsächlich in dieser Form stattgefundene Ereignisse.

Dieses Buch ist ein Unterhaltungsroman. Es erhebt keinerlei wissenschaftlichen oder medizinischen Anspruch und garantiert keine vollständige, umfassende Darstellung zum Thema „Panikattacken". Die Autorin ist weder Arzt noch in einem medizinischen Beruf ausgebildet. Bei gesundheitlichen Beschwerden oder Verdacht auf eine Erkrankung sollte ein Arzt aufgesucht werden.

KAPITEL 1

„Oh, nein!" Tief enttäuscht und mit wütender Hilflosigkeit ließ ich mich auf das dunkelbraune Wohnzimmersofa fallen. Warum nur reagierte ich zunehmend häufiger mit ohnmächtiger Wut auf Änderungen oder Enttäuschungen? Ich hatte mich doch bisher immer so beherrscht und verstandesbetont benommen, worauf ich immer sehr stolz gewesen war.

„Tanja, was soll das denn jetzt?" Mein Freund Julian starrte mich mit einem kalten, völlig verständnislosen Blick an. „So aufbrausend kenne ich dich gar nicht. Was ist los?", fragte er mich jetzt schon fast besorgt.

Julian lehnte lässig am edlen Wohnzimmertürrahmen aus dunklem Holz. Seine Haltung spiegelte sein unerschütterliches Selbstbewusstsein wider, das er als erfolgreicher Versicherungsvertreter auch benötigte. Julian sah zweifellos extrem gut aus und wir waren ein Pärchen, das inzwischen seit fast zwei Jahren schon zusammenlebte. Täglich fragte ich mich, womit ich solch einen Traummann verdient hatte, aber eine für mich nachvollziehbare

Antwort darauf konnte ich nicht finden. Julian beteuerte täglich, dass er mich liebte, wie ich war. Außerdem hatte ich auch noch nie den kleinsten Hinweis auf eine Untreue von ihm entdecken können. Dennoch rutschte mein Selbstbewusstsein jeden Tag ein Stückchen mehr in den Minusbereich. An den Tagen, an denen seine Susan da war, sackte es sogar ein erheblich größeres Stückchen ab.

„Ich hatte mich schon so lange auf das Musical gefreut und vor allem auf den gemeinsamen Abend nur mit dir", brachte ich mit belegter Stimme heraus, während ich versuchte, eher enttäuscht als wütend zu wirken. Ich fühlte mich gar nicht wohl in meiner Haut, meine Reaktion war mir selbst fremd. Irgendwie steckte ich in einem Irrgarten fest. Keiner, meiner mir momentan begehbaren Wege führte hinaus aus der Enge, meiner Verwirrung, meinem Gefühl der Überforderung und der entsetzlichen Einflusslosigkeit. Und den richtigen Weg, der aus meinem stets wachsenden Lebenslabyrinth herausführen könnte, fand ich plötzlich nicht mehr. Es gab zu viele verschiedene Wege, zu hohe Anforderungen für die Benutzung der Wege, ein zu heftiger Druck, den ich selbst an die Perfektion der

Wege stellte. Und dabei war ich überzeugt davon, dass man im Leben alles schaffen konnte, was man nur ernsthaft und hartnäckig genug anging. Dieses Lebensmotto war bisher mein Wegweiser gewesen. Mit diesem Leitsatz hatte ich mein Abitur, meine Ausbildung und mein Studium mit hervorragenden Noten abgeschlossen. Ebenso konnte mein Lebenslauf keine Zeiten der Arbeitslosigkeit aufweisen. Alles an meinem Lebensweg erschien makellos zu sein, aber er passte irgendwie nicht zu mir. Dieser von mir mehr oder weniger gewählte Weg führte mich immer mehr in das Labyrinth herein statt heraus.

Ich schaute auf den dunklen Parkettboden unseres Wohnzimmers und zog die Schultern hoch, als ob ich mit einer körperlichen Bestrafung rechnen würde. Wie erbärmlich musste ich in diesem Moment auf meine Umwelt und vor allem auf meinen Freund wirken?

„Was soll denn dein kindisches Verhalten? Wir sehen uns das Musical Starlight Express doch am Samstag tatsächlich zusammen an! Es hat sich an unserer ursprünglichen Planung nichts geändert!" Julian hatte sich jetzt ungeduldig abwartend an die andere Seite des dunklen Holztürrahmens angelehnt. Er war so beeindruckend, selbstsicher, männlich, attraktiv - ich liebte ihn so sehr. Ich hätte glücklich sein müssen, dass ein solcher Mann mein Freund sein will. Stattdessen spürte ich jedoch nur Eifersucht, Furcht und die Panik, dass ich für diesen Mann nicht gut genug wäre. Ich war das Gegenteil von ihm: introvertiert, ruhig, unscheinbar und auch etwas übergewichtig. Warum nur versuchte ich ihn, zu allem Überfluss auch noch zu beschränken? Es musste ja so wirken, als wollte ich ihn verekeln.

Ich verstand mich selbst nicht und konnte mich ihm erst recht nicht erklären. Da er mich aber noch immer anstarrte und auf eine Antwort wartete, begann ich, zu zögern: „Ich dachte nur - wir hatten doch geplant, nach der Vorstellung noch Essen zu gehen und uns – na ja – einen schönen Abend zu machen. Wie ein Pärchen halt eben!" Ich stammelte entsetzlich herum. Ich wusste, meine Antwort war nicht der richtige Weg aus dem Irrgarten heraus zu kommen, aber meine Angst, Julian zu verlieren, machte mir es mir unmöglich, den richtigen Weg aus dem Labyrinth jetzt zu finden.

„Aber wir werden den Abend doch auch wie geplant zusammen verbringen und anschließend in einem Restaurant gemütlich etwas essen!"

Ich fühlte mich davon genervt, dass er mich nicht zu verstehen schien, und wurde langsam noch ärgerlicher. Daher legte ich ohne Rücksicht auf möglicherweise daraus entstehende Verluste los: „Aber wir werden nicht nur zu zweit sein. Du hast deine Schwester eingeladen und …!"

Julians missmutiger Gesichtsausdruck verriet mir, dass er jetzt genau wusste, was mich unzufrieden gemacht hatte. Er unterbrach mich barsch: „Was hast Du eigentlich gegen meine Zwillingsschwester Susan? Sie war immer freundlich zu dir. Du tust fast so, als sei sie meine Geliebte. Vielleicht willst du mich aber auch nur von meiner Familie fernhalten?" Und es lag schon eine Drohung in Julians Frage. Ich hasste es zutiefst, wie er den Namen seiner Zwillingsschwester aussprach: „Susänn". In seiner Stimme klangen Zärtlichkeit, Wichtigkeit und Wertschätzung mit. Genau das sollte er in meinem Namen, dem Namen seiner Partnerin, sehen. Ich benahm mich albern - ich wusste es im Innersten, aber dennoch war sie nicht weniger schmerzvoll: diese verdammte Eifersucht und auch diese verdammten Minderwertigkeitsgefühle! Auch Susan sprach den Namen ihres Bruders immer sehr liebevoll und sanft aus – mit ihrer hohen, lebhaften, ständig flirtenden Stimme. „Dschuliänn!" Ihre Eltern hatten ein Faible für englische Namen „Julian" und „Susan" – beide wurden englisch ausgesprochen.

Zugegebenermaßen hatte meine Mutter wohl auch eine Vorliebe für russische Namen. Mein Vorname lautete Tatjana, ein typisch russischer, weiblicher Vorname. Allerdings war mir die Abkürzung „Tanja" lieber, sodass ich mich nur noch mit diesem kürzeren Rufnamen vorstellte.

„Tanja, hörst du mir überhaupt zu?" Julian schaute mich erneut besorgt an, da ich wieder nicht geantwortet hatte.

„Ja, Julian, ich habe dir natürlich zugehört. Ich will dich nicht von deiner Familie zurückhalten. Aber ich möchte auch mal wieder gerne nur allein mit dir etwas unternehmen. Du weißt, dass mir deine Schwester zu… zu… zu…!" Ich brach ab. Mir fehlten die Worte. Ich traute mich nicht, meinem Lebenspartner zu sagen, dass Susan mir zu frech oder vielleicht einfach nur zu temperamentvoll war. Susan und Julian verstanden sich ausgesprochen gut. Wenn sie zusammen waren, spielte ich nur noch eine unbedeutende Nebenrolle. Ich war viel stiller und zudem zu introvertiert und zu überlastet, um mich an der lebhaften Unterhaltung beteiligen zu können. Julian schien es dann noch nicht einmal mehr aufzufallen, wenn ich in Gegenwart seiner Schwester oft völlig schwieg. Susan hingegen wurde immer lebhafter und unterhielt Julian mit ihren Erlebnissen, Witzchen sowie den Erinnerungen an die gemeinsame Vergangenheit der Geschwister. Ich mochte Susan im Grunde eigentlich sogar. Aber sie führte mir immer so deutlich vor Augen, wie ruhig, unbedeutend und nebensächlich ich neben ihr erscheinen musste.

Es fiel mir schwer, dies alles vor Julian zuzugeben. Er sollte niemals glauben, ich würde nicht zu ihm passen oder nicht kraftvoll genug sein, sodass er mich dann betrügen oder sogar verlassen würde. Schmerzhaft spürte ich meine noch immer hochgezogenen Schultern. Mein Rücken und vor allem mein Schulterbereich fühlten sich seit Wochen so an, als wären harte, unflexible Backsteine darin gewachsen, die meine Bewegungen einschränkten und bei jeder Regung des Oberkörpers ziehende Schmerzen verursachten.

Noch immer spürte ich auch den Nackenwirbel, der sich nach einem der häufigen, anstrengenden Treffen von Susan, Julian und meiner Wenigkeit verschoben hatte. Ich besuchte danach regelmäßig einen Physiotherapeuten, der mit Entspannungsübungen meinen Rücken, meine Schultern und möglichst auch noch mein ganzes Leben entspannten sollte. Aber eine Atempause ließen mein attraktiver Machofreund, seine ihn vereinnahmende Zwillingsschwester, mein Perfektionismus und vor allem mein ständig sinkendes Selbstbewusstsein nicht zu. Entsprechend hartnäckig drückte der verschobene Wirbel weiterhin auf einen Nerv im Rücken, der mich durch ein schmerzhaftes Ziehen bis in den Daumen des rechten Arms nur zu gerne an meinen seelischen und körperlichen Anspannungszustand erinnerte.

Julian lehnt noch immer am Türrahmen und schaute mich fragend an. Er wartete nach wie vor bemerkenswert geduldig auf die Beendigung meines abgebrochenen Satzes. Ich holte tief Luft. „Susan ist sehr lebhaft und ich bin halt ruhiger. Da fühle ich mich manchmal zurückgesetzt!", brachte ich wahrheitsgemäß heraus.

„Wenn Susan und ich reden, kommst du wohl nicht ganz zum Zuge?" Amüsiert zwinkerte Julian mir zu. Ich schmolz dahin. Er ergänzte liebevoll: „Aber es ist doch in Ordnung, wenn du ruhiger bist. Sonst kämen WIR nicht mehr zu Wort und das würde mir nicht gefallen. Wir beide, also du und ich, sind doch auch oft nur zu zweit. Wir leben zusammen, schon vergessen? Susan wollte so gerne zu dem Musical Starlight Express mitkommen. Warum auch nicht? Sie gehört schließlich zu meiner Familie und somit auch fast zu deiner!", beschwichtigte mich Julian nun. Er setzte sich neben mich auf das Sofa und streichelte mir zärtlich über die Wange.

Plötzlich bekam ich ein ganz schlechtes Gewissen. Wie egoistisch war ich nur wieder gewesen? Ich liebte Julian nach den fünf Jahren der Freundschaft immer noch abgöttisch und konnte mich seinem Charme nicht entziehen.

Ich sah ihn entschuldigend an und strich ihm durch seine kurzen, dunkelbraunen Haare. Seine Attraktivität brachte Julian in seinem Beruf als Versicherungsvertreter sehr viele Vertragsabschlüsse, vor allem von Frauen, ein. Durch sein jahrelanges Training im Judoverein war er muskulös und wirkte sehr sportlich. Ich sah in seine stahlblauen Augen, die jetzt warm glänzten.

„Entschuldigung, das war wirklich dumm von mir. Natürlich kann Susan gerne mitkommen!", renkte ich schnell ein. „Vermutlich bin ich durch meinen beruflichen Stress zurzeit nur ein wenig überreizt."

Julian nickte und drückte mich erleichtert an sich. Ich hatte das Gefühl von ihm mehr oder weniger bewusst manipuliert zu werden, konnte und wollte mich aber nicht dagegen wehren. Ich war so unentschlossen, welchen Weg im Irrgarten ich nehmen wollte, welcher der Beste für mich wäre und endlich zu meinem ersehnten und vor allem befreienden Ausgang führte.

Julian umarmte mich jetzt zärtlich. Auf dem Sofa in diesem Moment konnte ich seine Umarmung nicht genießen, dann ich war gefangen: nicht nur in Julians Zärtlichkeiten, sondern noch erheblich intensiver in unguten Gefühlen, Unsicherheiten, Zweifeln, Ängsten und Panik!

KAPITEL 2

Am nächsten Morgen hatte ich, wie eigentlich ständig in letzter Zeit, keine Lust zur Arbeit zu gehen. Die letzten Tage war es mir leichter gefallen, da ich mich sehr auf den am Samstag geplanten gemeinsamen Abend mit Julian im Musical gefreut hatte. Nun graute es mir vor dieser Unternehmung mit seiner Zwillingsschwester. Ich fühlte mich ihr ständig unterlegen.

An diesem Tag wartete der Monatsabschluss in der Kostenrechnung auf mich. Eine unerfreuliche Arbeit, die fast immer mit der Ursachensuche von Centdifferenzen in unendlichen Überstunden endete. Seit einem drei Viertel Jahr war ich zur Buchhaltungsleiterin aufgestiegen. Julian war sehr stolz auf meinen Aufstieg. Er gab gerne im Bekannten- und Familienkreis an, was für eine tüchtige Freundin er doch hätte. Ich war zuerst auch stolz auf meine Beförderung gewesen, jedoch hatte es sich für mich eigentlich nicht gelohnt. Bei einer umfassenden Kosten-Nutzen-Analyse meiner Beförderung ergab sich ein stark kostenlastiges Ergebnis: mehr

Arbeit, längere Arbeitszeiten, kraftzehrende Auseinandersetzungen mit Untergebenen, nur geringfügig mehr Gehalt und viel mehr Verantwortung sowie Ärger. Alles in allem: unprofitabel und enttäuschend. Zudem war ich ein Mensch, der weder schlagkräftig war, noch gerne diskutierte. Ich wollte mich im Grunde nur in meine Buchhaltungsarbeiten vertiefen dürfen. Das genügte leider in meiner Position als Leiterin und Vorgesetzte nun nicht mehr.

„Wir müssen dringend mit Ihnen sprechen!" So wurde ich immer häufiger begrüßt, wenn ich das Büro betrat und so auch an diesem Freitagmorgen. Kaum hörbar stöhnte ich auf.

„Es gibt Probleme mit der Kostenrechnung!" Ich hatte noch nicht einmal meine Jacke an den Garderobenhaken gehängt und wurde schon von meinen Mitarbeitern mit betrieblichen Problemen überfallen.

„Schauen Sie mal – Herr Wieczorek wehrt sich dagegen, dass die Reparaturkosten der CNC-Maschine auf seine Kostenstelle gebucht werden. Die Maschine sei bei der Fertigung eines Teils für eine andere Kostenstelle beschädigt worden. Sie sagten mir doch, die Kosten der CNC-Maschine sollten generell dem Herrn Wieczorek und somit der Werkstatt zugeordnet werden! So habe ich das dann auch gebucht." Zusammen mit der Verantwortung wurde mir ein Stapel Computerausdrucke unter die Nase gehalten.

„Herr Wieczorek kommt auch deswegen gleich noch selbst zu Ihnen!", wandte sich meine Mitarbeiterin erleichtert ab, nachdem sie den Papierberg mitsamt dem bevorstehenden Ärger auf meinem Schreibtisch deponiert hatte. Danach verließ sie nahezu ein wenig schadenfroh mein Büro.

„Auch das noch!", schoss es mir durch den Kopf. Ich ließ mich erschöpft auf meinen Schreibtischstuhl fallen, der sich unter meinem Schwung rasant zur Seite drehte. „Autsch!" Ich hatte mir das linke Knie am Unterschrank meines Schreibtisches angeschlagen. Wie so oft, wenn ich nervös war! Der Schmerz war sehr heftig. Heiße Übelkeit stieg in meinem Magen hoch. Ich wartete sehnsüchtig auf den Moment, in dem ich mich zwar noch über meine Ungeschicktheit, nicht aber mehr über meinen unnötigen Schmerz ärgern musste. Ich wollte erst einmal in Ruhe über eine Lösung des Kostenrechnungsproblems nachdenken, ehe ich gleich auch noch von dem redseligen und leicht erregbaren Herrn Wieczorek unter den Tisch geredet werden würde. Ich fühlte mich schon wieder im Strudel der Ereignisse gefangen, die ich nicht mehr selbst zu steuern oder beeinflussen im Stande war. Ein mir gut bekannter, treuer Freund, der Fluchtinstinkt, meldete sich in mir.

Aber es war zu spät. Die Bürotür ging auf und Herr Wieczorek, der Werkstattleiter, stampfte mit seinem bereits dunkelstaubigen Arbeitskittel ins Büro. „Als Sie noch nicht Buchhaltungsleiterin waren, wurden die Kosten wesentlich besser zugeordnet", legte dieser gleich los.

„Guten Morgen, Herr Wieczorek!", versuchte ich ihn mit einer mir zum Überleben verbliebenen Restfreundlichkeit auf die Höflichkeitsregeln aufmerksam zu machen.

„Einen guten Morgen habe ich nicht bei Ihrer Kostenrechnung!", böllerte er weiter. Ich hörte die Mitarbeiterin von mir im Nebenbüro belustigt auflachen. Sie war neidisch auf meine Beförderung gewesen und freute sich daher, wenn ich Fehler machte oder Probleme bekam. Ich ermüdete schnell in Streitgesprächen, meine Stimme wurde dann leise, zitterte und ich konnte mich nicht mehr auf meine Argumentation konzentrieren. Warum nur waren andere fähig, zu kontern, während ich wie ein kleiner Hund den Schwanz einzog und dann geneigt war, nachzugeben und es recht zu machen? Aber in meiner Position durfte ich nicht mehr nur die ‚liebe Frau' spielen. Ich musste mich geeignet zeigen, zu leiten.

„Sie hatten auch schon früher die Reparaturkosten der CNC-Maschine tragen müssen. Schauen Sie sich mal die Ausdrucke der letzten Monate an." Ich wollte ihm die entsprechenden Ausdrucke seiner Kostenstelle heraussuchen, aber er winkte nur gereizt ab.

„Das wüsste ich doch wohl, wenn es so gewesen wäre! Aber es hat wohl keinen Sinn, Ihnen sachliche Argumente vorzulegen. Ich gehe besser gleich zu Herrn Machner." Ohne meine Antwort abzuwarten, verließ Herr Wieczorek mein Büro, wobei er noch die Bürotür wütend von außen zuschlug.

Ausgerechnet an Herrn Machner wollte er sich wenden! Er war unser kaufmännischer Leiter und mein direkter Vorgesetzter. Herr Machner traute mir meine jetzige leitende Position noch immer nicht so ganz zu. „Na ja, und das vielleicht auch nicht so ganz zu Unrecht", musste ich aufstöhnend zugeben. Ich atmete einmal tief durch und wartete.

Nur fünf Minuten später rief der kaufmännische Leiter an. „Frau Brauner, bitte kommen Sie sofort zu mir!"

Zitternd vor Ärger und Aufregung rannte ich zum Büro meines Vorgesetzten, klopfte an und ging unaufgefordert hinein. Ich wollte das alles möglichst schnell hinter mich bringen. Triumphierend stand Herr Wieczorek vor dem großen schwarzen Schreibtisch unseres kaufmännischen Leiters.

„Frau Brauner, bitte ordnen Sie die Reparaturkosten der CNC-Maschine der neutralen Kostenstelle „sonstige Reparaturen" zu!", ordnete Herr Machner ohne Begrüßung mit einer kalten, überheblichen Stimme an. „In diesem Falle muss Herr Wieczoreks Kostenstelle diese Reparatur wirklich nicht tragen."

„Das habe ich doch gleich gesagt!", knurrte Herr Wieczorek beim Hinausgehen.

„Ach, Frau Brauner. Würden Sie bitte die Tür schließen und noch einmal zu mir kommen?"

„Natürlich, klar!", brachte ich übereifrig hinaus. Es war also noch immer nicht vorbei.

„Könnten Sie solche Sachverhalte zukünftig selbst mit den jeweiligen Mitarbeitern klären? Ich habe auch noch andere Dinge zu tun und als Leiterin sind Sie jetzt der zuständige Ansprechpartner für die Kostenrechnung und die Buchhaltung. Es ist Ihre Aufgabe, eine einvernehmliche Lösung zu finden!"

Ich setzte mich und holte tief Luft. „Aber Herr Wieczorek wollte nicht…", begann ich, doch beschränkte mich dann auf ein: „Klar - natürlich!" Herr Machner wandte sich ohne eine Erwiderung wieder seinen Akten auf dem Schreibtisch zu und ich verließ leise schleichend sein Büro.

Auf dem Flur schüttelte ich jedoch über mich selbst den Kopf. Die Zuordnungen der Kosten in der Kostenrechnung basieren zum großen Teil auf begründeten Entscheidungen des Sachbearbeiters. Warum nur hatte ich nicht den Mut und die Kraft, mich mehr zu wehren, zurückzuschlagen oder mich wenigstens zu verteidigen? Ich fühlte mich klein, völlig erschöpft und daher unendlich hilflos.

„Nein - ich bin die Buchhaltungsleiterin und so leicht lasse ich mich nicht einfach in meinem Aufgabenbereich übergehen!", rief ich mir plötzlich halblaut wieder ins Gedächtnis. Es ähnelte dem Überlebenskampf einer Frau, die ins Bodenlose zu stürzen drohte. Warum nur war das Zwischenmenschliche so fürchterlich kompliziert und anstrengend? Kurzerhand machte ich kehrt und platzte ohne Klopfen erneut in das Büro meines Vorgesetzten Herrn Machner.

Der kaufmännische Leiter schaute mich erstaunt und verärgert an. „Herr Machner – ich möchte doch noch etwas zu diesen Kostenstellenangelegenheiten im Allgemeinen sagen!" Plötzlich war mein Kopf erstaunlich klar. „Natürlich bin ich für die Aufteilung der Kosten zuständig und ich überdenke meine Entscheidung auch jedes Mal sehr sorgfältig. Auch zu Umordnungen auf andere Kostenstellen wäre ich natürlich stets gerne bereit, sofern dies begründbar ist. Allerdings wäre es dazu auch nötig, dass die Herren mit mir reden würden und sich nicht gleich bei Ihnen beschweren, wenn ich nicht sofort nach ihrem Willen handle!" Ich holte Luft. Aus Herrn Machners Gesichtsausdruck konnte ich leider überhaupt nicht erkennen, was er dachte.

Daher sprach ich weiter: „Ich wäre Ihnen daher sehr dankbar, wenn Sie das nächste Mal die Mitarbeiter, die sich über meine Kostenverteilung beschweren, zu mir zurückschicken würden." So, ich hatte alles gesagt, was mir auf der Seele lag und was ich als ungerecht empfunden hatte.

Herr Machner schaute mich noch einen Moment abwartend an. „Frau Brauner, verstehe ich Sie richtig: Sie wurden angegriffen und kamen nicht zu Wort?" Ich nickte erleichtert. Er hatte meine Situation jetzt offensichtlich verstanden. Ich hatte den Strudel der Abläufe um mich herum endlich mitsteuern können.

„Dann müssen Sie lernen, wie man sich Gehör verschafft. Das gehört zu Ihrer Stellung dazu. In Ordnung, demnächst schicke ich die Herren wieder zu ihnen zurück. Ich gehe dann allerdings davon aus, dass Sie die Probleme auch zur Zufriedenheit aller regeln können und ich nicht weiterhin dauernde Beschwerden über Ihre Führung der Kostenrechnung höre."

So hatte ich mir das aber nicht vorgestellt! Herr Machner zog sich eine grüne Arbeitsmappe heran, was wohl bedeuten sollte, dass unser Gespräch von seiner Seite aus beendet war. Und schon wieder hatte der Strudel seine Eigendynamik entwickelt.

Ich verließ mit eingezogenem Hals das Büro. Ich stellte fest, dass ich mich nun auch nicht besser fühlte als vorhin. Eigentlich würde ich gerne wieder um meinen vorherigen Job als Kreditoren-, Anlagen- und

Debitorenbuchhalterin bitten. Die ehemalige Stelle von mir war noch nicht wiederbesetzt und wurde zurzeit ohnehin noch aus Zeitmangelgründen mehr schlecht als recht von mir miterledigt. Aber jedes Mal, wenn ich an Julian dachte, war es mir nicht möglich, meine ehemalige Position zurück zu erbitten. Mein Freund würde mir sicher davon abraten und meinen Wunsch ohnehin nicht nachvollziehen können. Julian war so stolz auf meine Beförderung und meinen beruflichen „Erfolg". So schlich ich sehr bedrückt und ohne Ausweg in mein verhasstes Buchhaltungsleiterinnenbüro zurück.

KAPITEL 3

Und wieder stimmten die Zahlen in der Buchhaltung nicht. Ich war sehr froh, als es am späten Nachmittag ruhiger wurde und meine Mitarbeiterinnen nach Hause gingen. So konnte ich endlich in Ruhe die Fehler suchen und mich ohne Angst vor weiterer Auseinandersetzungen in die Tiefen der Kostenrechnung retten. Um 21.00 Uhr schellte mein Telefon im Büro. Wie aus einem tiefen Schlaf schreckte ich hoch und wunderte mich, dass es draußen schon dunkel war. Ich hatte bisher gar nichts mehr wahrgenommen außer meinen Zahlendifferenzen. Auf dem Display des Telefons wurde die Telefonnummer von mir zu Hause angezeigt.

„Hallo Julian!" begrüßte ich meinen Freund.

„Hallo Tanja! Na, du Buchhaltungsleiterin! Wieder Centdifferenzen?" In Julians neckischer Stimme schwang jedoch eine gehörige Portion Achtung mit. Wenigstens vor Julian musste ich weiterhin so tun, als sei ich für diesen Job geeignet und vor allem zufrieden mit ihm.

Also antwortete ich kurz „So in etwa. Was gibt's?"

„Ich wollte dich eigentlich zum Essen einladen. Ich habe heute einen hervorragenden Versicherungsabschluss über die Bühne bekommen. Das gibt viele Prozente! Aber da du ja noch fleißig bist, kann ich auch mit Susan gehen und wir beide holen das gemeinsame Essen mal nach."

„Nein, nein!", beeilte ich mich, zu sagen. Nur das nicht! Nicht heute! Nicht nach einem solchen Tag! Bitte Julian, versetze mich nicht heute wegen Susan, flehte ich in Gedanken, äußerte aber nur: „Ich kann auch morgen weiter machen!"

„Kein Problem, Tanja. Ich sehe ein, dass eine Buchhaltungsleiterin wichtige Verpflichtungen hat. Ich bin sehr stolz auf meine verantwortungsvolle Freundin. Bis später dann!"

Ich legte resigniert den Hörer auf. Mein Kopf dröhnte plötzlich, als sei ich vor eine Wand gelaufen. Mein Nacken war hart wie ein Besenstiel. „Irgendwie läuft mir alles aus der Hand. Egal, was ich sage oder tue!", stellte ich kraftlos fest. Ich stöhnte auf, rechnete erneut meine Saldenliste hoch und bemerkte dann erst, dass ich ganz falsche Zahlen in meinen Tischrechner getippt hatte. Konzentrieren konnte ich mich offensichtlich heute nicht mehr, nun, da ich wusste, dass jetzt Susan und nicht ich Julians Gesellschaft und ein gutes Essen mit ihm genoss. So räumte ich müde und lustlos die Ordner in den Schrank, schaltete meinen Computer aus und machte mich auf den Weg zum Parkplatz.

Ich hatte etwas weiter entfernt vom Gebäude geparkt. In der Dunkelheit kam mir der Weg zum Parkplatz noch viel länger vor und ich schaute mich ständig ängstlich um. Am Abend um diese späte Zeit war es still auf den Straßen im Industriegebiet. Jeder Busch schien in dieser ungewöhnlichen Stille unangenehm zu rascheln.

Endlich hatte ich mein Auto erreicht und schloss mich gleich von innen ein. Ich bebte vor Aufregung und auch, weil ich fror. Es war Herbst und recht kalt draußen geworden. Ich schnallte mich mit zitternden Fingern an und dabei fiel mein Autoschlüssel in den Fußraum. Der Schlüssel war nur an einem sehr kleinen Schlüsselring befestigt, was ich jetzt verfluchte. Hektisch tastete ich den Fußraum nach meinem Autoschlüssel ab. Wäre mein Schlüsselring größer gewesen, hätte ich ihn wesentlich besser erfühlen können. In Gedanken notierte ich daher: riesigen

Schlüsselring für den Autoschlüssel kaufen! Ich konnte den Autoschlüssel samt seinem kleinen Ring einfach nicht im Fußraum ertasten. Er schien auf bösartige und hinterhältige Weise einfach spurlos verschwunden zu sein. Daher wollte ich die Innenbeleuchtung des Autos an der Autodecke anschalten, aber sie funktionierte nicht. Verzweifelt schob ich den Schalter der Birne hin und her - es tat sich nichts. Auch die Beleuchtung verweigerte ihren Dienst an diesem Abend. Mist, jetzt war die Deckenlampe auch noch defekt. Heute lief aber auch alles schief. Ich brauchte jeden Morgen die Autoinnenbeleuchtung, da ich im Auto vor dem Abfahren nochmals kontrollierte, ob ich auch alle wichtigen Papiere, mein Geld und meine Schmerzmittel mitgenommen hatte. Im Herbst war es morgens noch dunkel, wenn ich zur Arbeit fuhr, weswegen ich die Beleuchtung benötigte. Die ständige, morgendlich Kontrolle erschien mir etwas zwanghaft, aber ich konnte damit leben. Sie diente meiner Beruhigung. Nun musste es morgen wohl ohne Deckenlampe im Auto gehen. Mit „es gibt Schlimmeres" versuchte ich, mich zu beruhigen.

Aufstöhnend öffnete ich nun die Fahrertür und stieg aus. Dieser irgendwo versteckt im Fußraum liegende Autoschlüssel zwang mich doch nun tatsächlich, meine sichere Zuflucht in meinem Wagen wieder zu verlassen. Während ich mich vor die Fahrerseite hockte, hörte ich nichts außer dem unheimlichen Rascheln von Büschen und einer Krankenwagensirene in weiter Entfernung. Schnell beugte ich mich in den Fußraum und schwebte mit meinem Gesicht über den Pedalen, um den Schlüssel entdecken zu können. Auf diese Art hatte ich den Autoschlüssel tatsächlich schnell ertastet.

So setzte ich mich wieder hektisch ins Auto, schnallte mich an, schob den Heizungsschalter auf warm, steckte den kalten Schlüssel in das Zündschloss und drehte ihn um, um den Wagen zu starten. Doch nichts geschah, kein Tuckern, nichts. Ich versuchte es mehrere Male und drehte den Schlüssel mal langsam gefühlvoll, mal hektisch schnell im Zündschloss um, aber mein Auto sprang nicht an.

Dann musste die Autobatterie absolut leer sein. Ich hatte wohl vergessen, die Deckenleuchte heute Morgen wieder auszuschalten. Kalter Schweiß brach mir

plötzlich auf dem Rücken aus. „Oh nein!",
schrie ich in Panik. „Was mache ich jetzt bloß?"
Ich hatte Angst, zu dieser Jahreszeit, in der
Dunkelheit auf die verlassene Straße
zurückzugehen. Im Auto war es auch eiskalt.
Ich fühlte mich übermannt von meinen
Ängsten, meiner Hilflosigkeit, meinen
Gefühlen der ständigen Überforderung und
meiner heutigen Pechsträhne, die sich wie ein
Wirbelsturm um mich herumbewegte und aus
deren Fängen ich mich nicht befreien konnte.

Ich dachte sofort an Julian. Er musste
kommen! Er musste mir jetzt in meiner
Notlage helfen. Dann würde er seine geliebte
Zwillingsschwester wohl auch einmal
sitzenlassen müssen, um mir - seiner Freundin
- zu helfen. Mit noch immer zitternden Händen
kramte ich mein Handy aus der Tasche und
wählte die eingespeicherte Nummer von
Julians Mobiltelefon. „Hoffentlich hat er das
Telefon mitgenommen und eingeschaltet!",
hoffte ich. Es bimmelte.

Nach einer mir ewig lang erscheinenden Zeit
meldete sich Julian.   „Tanja, was ist los?",
fragte er etwas besorgt.

„Mein Auto springt nicht an!", verkündete
ich.

„Ich bin gerade im Restaurant mit Susan!", tat Julian kund.

„Ich weiß! Aber ich habe heute Morgen mein Innenraumlicht im Auto angelassen und nun sitze ich hier in der Dunkelheit vor dem Gebäude und komme nicht weg. Die Batterie meines Wagens ist leer und ich habe Angst hier!", erklärte ich theatralisch.

„Du bist aber zurzeit auch ziemlich gedankenverloren!", reagiert Julian alles andere als liebevoll. Ich schämte mich ein wenig, weil Susan mitbekam, dass Julian verärgert über mich war und mich zurechtwies.

„Wann bist du hier?", versuchte ich, das Gespräch abzukürzen.

„Ich kann jetzt schlecht weg, wir haben gerade bestellt. Aber du bist doch Mitglied beim ADAC? Die können dir sicher rasch mit einem Übertragungskabel helfen. Vermutlich sogar schneller als ich es könnte, denn mein Übertragungskabel habe ich heute einem Kollegen geliehen."

„Aber…", wollte ich tief enttäuscht über Julians Desinteresse an meinem Problem einwenden, da hörte ich Julian bereits sagen: „Ich muss jetzt auflegen, unser Essen wird gerade serviert!" Und er drückte meinen Anruf einfach weg.

Tränen rollten über meine Wange. Gerne hätte ich nochmals bei Julian angerufen und ihm befohlen, dass er mir als mein Freund sofort zu helfen hätte. Aber womit wollte ich ihm drohen? Er nahm meine Drohungen nicht ernst, da er wusste, wie sehr ich eine Trennung von ihm fürchtete. Vermutlich wäre er jetzt sowieso nicht mehr ans Telefon gegangen – sein Essen war gerade erst serviert worden und mein Problem bestens gelöst – zumindest in seinen Augen. Ich zitterte vor Kälte und Wut im Wagen. Also rief ich traurig den ADAC an.

Zum Glück kam der „gelbe Engel" tatsächlich sehr schnell, schloss gekonnt das Übertragungskabel von der Batterie seines Autos an die Batterie meines Autos an. Schon ein paar Minuten später konnte ich erschöpft nach Hause fahren.

KAPITEL 4

Als Julian nach Hause kam, wartete ich bereits verzweifelt auf ihn. Ich wollte ihm von den Problemen mit meinem Vorgesetzten erzählen und ihn um Rat fragen. Ich hätte auch meine Mutter oder meinen neun Jahre älteren liebevollen Bruder anrufen können. Meine Mutter, die unter erheblichen Bandscheibenproblemen und den Begleiterscheinungen der starken Schmerzmittel litt, wollte ich allerdings nicht noch zusätzlich mit meinen Problemen belasten. Mein Bruder zog als Berufssoldat durch Deutschland und manchmal auch in Krisengebiete. Sicher hätte er Verständnis für meine betrieblichen Probleme gehabt, aber es kam mir doch unangemessen vor, einem Mann, der mit unendlichem Leid, Tod und Krieg zu kämpfen hatte, von meiner Überforderung als Buchhaltungsleiterin zu erzählen. Zudem wollte ich Hilfe, Mitleid und Verständnis von meinem Lebenspartner. Julian tröstete mich dann für gewöhnlich sehr weich und lieb und das tat mir unendlich gut!

Manchmal dämmerte es mir, dass ich mich zu abhängig von Julian machte und dass solch eine Beziehung weder mir noch Julian guttäte, aber dann verdrängte ich diese Gedanken sofort wieder aus meinem Kopf. Irgendwann würde ich schon genügend Kraft finden, um mein Leben ohne seine Hilfe wieder in den Griff zu bekommen.

Am nächsten Morgen wachte ich mit starken Kopf- und Rückenschmerzen auf. Ich schob die Ursache auf meinen unruhigen Schlaf. Julian hatte mir am vergangenen Abend immer wieder gesagt, dass die Probleme mit den Kollegen und Vorgesetzten in einer gehobenen Position einfach normal seien und zum Job gehörten. Ich sollte mir ein dickes Fell und etwas mehr Frechheit zulegen. Ich könnte es sowieso niemals jedem einzelnen Mitarbeiter recht machen.

Ich fühlte mich jedoch völlig überfordert von meinen Privat- und Berufsleben. Eigentlich wollte ich nur noch Ruhe.

Trotz regelmäßiger Einnahmen hoch dosierter Schmerzmittel wurden die Kopfschmerzen im Laufe des Tages immer stärker. Mein Rücken fühlte sich wie ein verdicktes Brett an und auch mein Magen reagierte äußerst sauer. Mit Schrecken dachte ich an den nächsten Tag, den Samstag, an dem ich, Julian und leider auch Susan ins Musical gehen wollten. Nach diesem Abend würde ich mich wieder minderwertig fühlen und längere Zeit an den negativen Gefühlen zu „knabbern" haben.

KAPITEL 5

Obwohl ich am Samstag länger hätte schlafen können, wachte ich an diesem Tag bereits um kurz nach acht Uhr auf. Mein Kopf dröhnte, als würde irgendjemand oder etwas im Zwei-Sekunden-Takt gegen einen Nerv direkt unter meiner Schädeldecke hämmern. Vielleicht stocherte dieser jemand auch mit einer heißen Nadel unter meinem Schädel herum. Jedenfalls fühlte ich mich fast zu schwach, um überhaupt aufzustehen und mir meine Schmerztabletten zu holen. Ich wusste, dass die häufige Einnahme von solch starken Medikamenten nicht gut für meine Gesundheit und vor allem meinen Nieren war, aber ich musste zumindest noch diesen kommenden aufreibenden Tag hinter mich bringen.

Heute stand mir der langersehnte Musicalabend mit meinem geliebten Freund und seiner von ihm ebenso geliebten Zwillingsschwester bevor. Wut und Schwäche breiteten sich widerstandslos in meinem Körper aus, nachdem ich die bittere Schmerztablette geschluckt und wieder ins Bett gekrochen war. Julian schlief tief und fest neben mir. Er schnarchte noch nicht einmal ansatzweise. Er war einfach perfekt. Ein dunkelbrauner Stoppelbart schmückte sein breites Kinn und gab ihm ein verführerisch wildes, abenteuerliches Aussehen.

Genauso wild wie er jetzt aussah, war Julian auch. Ich konnte ihn weder an die enge Leine noch an ein beschränktes Areal gewöhnen. Er war mir treu und ein perfekter Liebhaber. Ich stöhnte leicht auf. Leider nur war ich aufgrund der privaten und betrieblichen Überforderung nicht mehr in der Lage, Spaß an Intimitäten zu empfinden. Ich musste in solchen Situationen meinen Spaß und meine Gefühle vorspielen, was ich inzwischen sogar nahezu perfekt beherrschte. Dennoch beschlich mich immer mehr die Vermutung, dass dieses Leben, in dem ich mich gerade befand, nicht meines war. Ich erlebte es zwar, aber es war nicht auf mich ausgerichtet und entsprach keineswegs meinen Vorstellungen. Aber vielleicht wünschte ich es mir doch, denn sonst hätte ich längst etwas an meinem Alltag geändert? Was sollte ich denn verändern? Was würde dann kommen? Besser wäre die Frage: Was könnte ich noch ändern, ohne zu viel zu verlieren? Mist, mein Berufs- und mein Privatleben wirbelten gerade um mich herum. Autsch! Mein Kopf schmerzte so sehr.

Ich lag ruhig im Bett und versuchte, meine aufgeputschten Gedanken zu beruhigen. Nur heute noch. Ich würde brav mit „Suzänn" und „Juliännnn" ins Musical gehen, danach etwas essen und dann hätte ich es geschafft. Morgen könnte ich mich ausruhen. Einen Tag Ruhe – nur einen Tag – dann hätte ich meine alte Kraft wieder. Hoffentlich!

Dieser Abend brachte genau das, was ich mir in meinen albtraumähnlichen Tagfantasien schon ausgemalt hatte: Susan und Julian amüsierten sich prächtig miteinander und ich schaute mir gelangweilt und neidisch die anderen Pärchen im Starlightmusical und im Restaurant an. Ich wollte nicht zuhören, wie Susan, die als Büroangestellte in einer Versicherungsagentur arbeitete, mit Julian stundenlang über ihren Beruf fachsimpelte. Ich wollte nicht mitbekommen, was für ein abwechslungsreiches und lebenswertes Leben die voller Energie steckende Susan hatte. Ich wollte nach Hause, ins Bett, mir ein eisiges Kühlpad auf meinem Kopf legen, um das hämmernde Etwas hinter meiner Stirn einzufrieren.

Um halb zwei nachts wurde mein Wunsch endlich wahr, auch wenn mir dann schon klar war, dass mir diese kurze Restnacht nicht mehr viel Erholung bieten könnte.

KAPITEL 6

Im Laufe der nächsten Wochen wurden vor allem die Rücken- und Magenschmerzen immer heftiger. Abends lag ich zunehmend häufiger mit Bauchkrämpfen wach im Bett und las, verzweifelt nach wirkungsvollen, kommunikativen Tricks suchend, aus meinen neu erworbenen Büchern über „Schlagfertigkeit in jeder Situation", „Rhetorik für Führungskräfte" und „Konstruktive Gesprächsführung". Ich langweilte mich nicht nur beim Lesen dieser Bücher, sondern wurde immer deprimierter. Mir war klar, dass ich in einer betrieblichen Situation, in der Wortgewandtheit erforderlich sein würde, eher durch ein betroffenes Schweigen und ein leer wirkendes Gehirn glänzen würde. Es war unsinnig. Ich wollte vorrangig arbeiten, aber nicht nur Menschen führen oder mich womöglich mit ihnen noch auseinandersetzen müsste, weil sie meine Entscheidungen nicht akzeptierten. Das lag mir einfach nicht.

Ich hatte wie so oft in letzter Zeit den Eindruck, alles drehte sich um mich, ohne dass ich in irgendeiner Weise Einfluss darauf nehmen konnte.

Als meine monatelangen Bauchschmerzen unerträglich wurden und Medikamente inzwischen auch nicht mehr halfen, gab der Arzt mir einen Termin für eine Magenspiegelung. Lange überlegte ich, ob ich bei dieser Untersuchung lieber eine Narkose oder den Schlauch im Hals bei vollem Bewusstsein wählen sollte. Die Narkose bedeutete für mich der letzte Schritt, die Steuerung über die Geschehnisse aus meiner Hand zu geben. Aber den Schlauch, verbunden mit einem Enge- und Würgegefühl erschien noch angsterregender für mich. Daher entschied ich mich für die Narkose. Inzwischen hatte ich vor jeder ärztlichen Untersuchung panische Angst. Noch nie hatte ich Angst vor einer Spritze gehabt. Nun begann mein Körper sich vollständig zu verselbstständigen, wenn ich eine Spritze von der Ferne sah: Er fing an, extrem zu zittern und kalte Schweißausbrüche breiteten sich über meinen Rücken aus. Mein Körper schien vollkommen die Kontrolle über mich und meinen Verstand übernommen zu haben. Bis zum letzten Tag vor der Magenspiegelung war mir nicht klar, ob ich nicht noch vor der

Untersuchung in Panik die Arztpraxis verlassen würde.

Eine Packung Valium und Julians ständige Beteuerungen, auf jeden Fall während der Untersuchung draußen auf mich zu warten, brachten mich schließlich doch dazu, eine Magenspiegelung mit Narkose über mich ergehen zu lassen.

Die Untersuchung meines Magens ergab keine krankhafte Diagnose. Es wurden allerdings erschreckenderweise an und für sich harmlose Zysten in meinem Magen festgestellt, die wiederum nach Aussage des Arztes auf Polypen im Darm hinweisen könnten. Also musste ich mich noch einer Darmspiegelung unterziehen. Diesmal hatte ich kaum noch Angst vor der Narkose, eher vor dem Resultat der Untersuchung. Die Angst vor dem Ergebnis überstand ich nur mit dem restlichen Valium, die ich noch aus Zeiten der Magenspiegelung übrighatte. Ich sah mich schon im Krankenhaus liegen - mit einem künstlichen Darmausgang, wenn das mit Krebs befallene Gewebe entfernt werden müsste. Vor der Darmspiegelung packte ich daher bereits meine Reisetasche für einen längeren Krankenhausaufenthalt. Glücklicherweise waren meine Befürchtungen passend zu meinem derzeitigen psychischen Zustand stark übertrieben und es wurden keinerlei Erkrankungen im Darm festgestellt.

Die Untersuchungen waren problemlos verlaufen und die gefürchteten Narkosen hatte ich sogar als sehr angenehm erlebt. Aber die vielen Ängste in den Wochen zuvor hatten mich nervlich noch mehr geschwächt und die Beziehung zwischen Julian und mir zudem stark belastet. Glücklicherweise litt ich nach diesen Spiegelungen noch nicht einmal mehr an den Magenbeschwerden, die in den letzten neun Monaten mein ständiger Begleiter geworden waren. Sie waren ebenso grundlos wie plötzlich verschwunden.

Als Julian einen Abend nach der letzten Untersuchung zu mir sagte: „Ich muss heute mal alleine heraus aus dem Haus. Ich treffe mich mit Susan und einigen Kollegen. Sei mir nicht böse, aber ich will einfach mal abschalten!" nickte ich daher verständnisvoll.

„Du hast mir sehr beigestanden. Danke!", fügte ich leise hinzu. Ich fühlte mich unzureichend und schwach. Daher war ich im Grunde froh, an diesem Abend früh ins Bett gehen zu können. Am nächsten Tag hatte mein Vorgesetzter mich zu einer Sitzung eingeladen, in der ich wegen des steigenden Arbeitsanfalls in meiner Abteilung um einen neuen Mitarbeiter und Veränderungen in der mir übertragenen Buchhaltung kämpfen wollte. Ich hatte die letzten Wochen mit Begeisterung die autobiografischen Romane von Corinne Hofmann gelesen. Ihre Kraft, sich in einem ihr völlig fremdes Leben zurechtzufinden sowie die Energie, erst als Europäerin in der Wildnis Afrikas zu leben und dann zurückzukehren, rang mir erhebliche Achtung für sie ab. Ihr Erfolg, in Europa wieder ein erfolgreiches Leben aufzubauen sowie sofort Freundschaften bilden zu können, bewunderte ich. Ich hätte diese endlose Kraft nicht gehabt. Mir dämmerte, dass meine vielleicht doch ein wenig kompromisslose Einstellung, dass man alles im Leben mit genügend Engagement erreichen kann, vermutlich nicht auf jeden und alles zutraf. Aber ich wollte noch immer nicht wahrhaben, dass es auch für mich Grenzen gab.

Daher hatte ich mich entschlossen, für meine berufliche Stellung sowie meine privaten Vorstellungen zukünftig noch stärker zu kämpfen, wenn auch die erforderliche Härte des Kampfes nun nicht meinen Wünschen oder Überzeugungen eines rücksichtsvollen sozialen Umganges entsprach. Ich würde mich, wenn erforderlich, unbedingt den rauen Umgangsformen der sozialen Umgebung anpassen.

Aber so weit kam es nicht mehr.

KAPITEL 7

Mit den mir inzwischen schon gut bekannten starken, klopfenden Kopfschmerzen und einem heftigen Druckgefühl im Kopf wachte ich am folgenden Tag auf. Wie so viele Tage zuvor stand ich auf, nahm eine Kopfschmerztablette und schluckte sie routiniert mit Cola light herunter.

„Du solltest nicht so viel Cola trinken!", riet mir Julian, der bereits frisch geduscht und rasiert aus dem Bad kam. „Das Coffein treibt den Blutdruck hoch!", fügte er gut gelaunt wie immer hinzu.

„Daher habe ich wohl einen so starken Druck im Kopf." Ich ließ mich so kraftlos auf den leichten Küchenstuhl fallen, dass er aufächzte.

„Du hast ja bereits den Frühstückstisch gedeckt und der Kaffee duftet auch schon herrlich", freute ich mich nun doch trotz meiner dröhnenden und klopfenden Kopfschmerzen. Schmerzen gehörten bei mir schon fast zum gewohnten Alltag. Julian zwinkerte mir zu und setzt sich auf den anderen Stuhl an den kleinen viereckigen Küchentisch.

„Ach ja – heute Abend komme ich etwas später nach Hause, " nutzte er meine anscheinend mal bessere morgendliche Stimmung aus, um die für mich unerfreuliche Nachricht loszuwerden.

„Wann heißt denn ‚später'?", fragte ich etwas gedankenverloren nach.

„Nun ja, vielleicht so um 22.00 Uhr. Ich treffe mich mit Susan. Sie überlegt, auch in den Job als Versicherungsmakler einzusteigen. Sie will von mir wissen, wo sie sich am besten sowie umfangreichsten auf die dafür erforderliche Prüfung zum Versicherungsfachmann vorbereiten kann. Sie verdient in ihrem Job als Bürokauffrau so wenig. Mit ihrem Aussehen und ihrem Temperament hat sie die besten Chancen, als Versicherungsmaklerin viel mehr zu verdienen."

Da ich keine Reaktion zeigte, ergänzte er: „Meinst du nicht auch?"

Ich verteilte gerade höchst akribisch meine Margarine auf meinem Graubrot und versuchte, die mir nur allzu bekannte Eifersucht heute nicht in mir aufsteigen zu lassen. Ich dachte krampfhaft an mein geplantes Gespräch mit meinem Vorgesetzten und ging in Gedanken die mir bereits zurechtgelegten Argumente durch.

„Hast du mir überhaupt zugehört?", bohrte Julian hartnäckig nach. Da er wusste, dass ich seine so enge Bindung zu seiner Zwillingsschwester eifersüchtig verfolgte, war er offensichtlich froh, diese Nachricht der zukünftig noch engeren Bindung schon losgeworden zu sein. Einerseits war er zufrieden, dass ich mich nicht aufregte. Andererseits befürchtete er, das alles noch einmal erzählen zu müssen und dann meine mögliche negative Reaktion noch ein Mal abwarten müsste, wenn ich nun doch nicht zugehört hätte. Mein Gott, warum war ich nur so empfindlich? Susan dagegen war so einfach zu handhaben, so pflegeleicht, so eine starke Persönlichkeit. Im Grunde konnte ich Julian verstehen, dass er Susans Gesellschaft oft mehr genoss, als meine.

„Ja, ich habe zugehört. Macht doch, was ihr wollt. Ich kann ja eh nichts daran ändern. Außerdem habe ich momentan genug eigene Probleme!" hörte ich mich nahezu verzweifelt sagen.

„In meinem Leben muss sich wohl sehr viel verändern!", murmelte ich gedankenverloren vor mich hin. Julian hörte es etwas verwundert, jedoch nicht beunruhigt. Er kannte meine Inkonsequenz, was Änderungen betraf, gut genug.

„Später wollen Susan und ich dann eine eigene Versicherungsagentur eröffnen", setzte Julian noch ein Sahnehäubchen auf seine mich belastende Neuigkeit mit Susan drauf. Ich zog tief die Luft ein in der Hoffnung, dass dann kein Platz mehr für aufsteigende Wut, Eifersucht und Kraftlosigkeit in meinem Körper mehr wäre. Mein Bauch stieß an meinen Frühstücksteller und mein Messer fiel klirrend auf den Fliesenboden.

„Lass mich doch heute einfach mal in Ruhe", stieß ich zu meinem eigenen Entsetzen voller Wut hervor. Energisch bückte ich mich, um mein Messer wieder heraufzuholen.

Da ging es los. Mir wurde auf einen Schlag schummerig. Tapsig griff ich nach meiner Tasse, in der Hoffnung, der Kaffee würde meinen womöglich abgesackten Blutdruck wieder heraufpulvern. Er schien jedoch keine Wirkung zu zeigen. Meine Ohren klappten zu, als ob ich im Auto einen Berg herauffahren würde. Ich konnte einen hohen, lauten Dauerton in meinen Ohren hören. So wie der Tinnituston, den ich seit ein paar Wochen vernahm – nur wesentlich lauter. Ich glaubte, jemand müsste mir mit einem stumpfen Gegenstand auf den Kopf gehauen haben, denn ich sackte förmlich zusammen, wobei der Druck im Kopf explosionsartig zunahm. Ein wirbelsturmartiger Schwindel, der sich gegen den Uhrzeigersinn drehte, nahm mir jegliches Sehvermögen und die Orientierung. Ich hielt meinen Kopf fest, da er zu zerplatzen drohte, und ließ mich auf den Boden sinken. Ich hatte Angst, unglaubliche Angst. Ich hörte Julians Stimme im Hintergrund, aber ich konnte nicht verstehen, was er sagte. Das Dröhnen und Piepen in meinen Ohren war viel zu laut. Ich atmete so heftig, dass ich kaum noch Luft bekam. Ich spürte Julians Arme auf meinen Schultern. Ich wollte jedoch nichts fühlen. Ich wollte das nicht erleben! Rund 30 Sekunden, gefühlte Stunden, später beruhigte sich der Drehschwindel langsam, ich konnte wieder etwas sehen, der hohe Ton in den Ohren verebbte langsam und ich schnaufte, völlig erschöpft am Boden liegend. Ich war total erledigt, wie nach einem Dauerlauf.

„Um Gottes willen, was ist bloß los?" Jetzt konnte ich Julian auch wieder hören.

„Ich kann heute nicht arbeiten gehen!", entschied ich kurzerhand. „Bitte, Julian, melde mich in meiner Arbeitsstelle erst einmal telefonisch krank. Ich rufe dort später noch persönlich an." Ich war völlig erschöpft.

„Was hast du denn?" Julian war offensichtlich geschockt.

„Ich habe einen Drehschwindelanfall gehabt. Vielleicht auch einen Kreislaufabfall. Ich habe Angst, heute mit dem Auto zu fahren!", klärte ich ihn kurz auf. Ich fror und ich war total durchgeschwitzt. Zudem hatte ich riesige Angst, dass sich der grauenhafte Anfall wiederholte. Ich fühlte mich so entsetzlich hilflos und ich war mir sicher, beim nächsten Drehschwindelanfall wirklich zu sterben. Mein Körper würde eine solche Höchstbelastung nicht mehr ein zweites Mal aushalten können - da war ich mir sicher.

„Vielleicht ist es etwas Ernstes?" Julian sprach meine Gedanken aus. Eigentlich waren es mehr meine Hoffnungen, denn sobald der Arzt wüsste, woran ich erkrankt wäre, könnte man auch etwas dagegen tun. Mir war inzwischen alles Recht, Hauptsache, diese Anfälle würden nie wiederkommen. Dennoch graute es mir davor, von meinem lebenslustigen und vitalen Freund als schwer krank angesehen zu werden. Daher spielte ich seine Bedenken herunter.

„Nein, das glaube ich nicht. Heute findet eine wichtige Besprechung statt. Vermutlich habe ich mich damit etwas überfordert! Ich kann meinen Vorgesetzten nur überzeugen, wenn ich konzentriert und gesund bin. Daher bleibe ich heute auch lieber zu Hause!", versuchte ich Julian und mich zu beruhigen.

Julian meldete mich bei meinem Arbeitnehmer krank und nahm sich sogar einen Tag Urlaub. Er schien sich ernsthaft Sorgen zu machen. Auch das Treffen mit Susan sagte er ab. Ich nahm es kaum wahr. Die Drehschwindelanfälle kamen in immer kürzeren Abständen während der nächsten Stunden wieder. Kein Kaffee, keine Beruhigungstabletten, kein Sport und nicht einmal meine geliebte Schokolade half. Inzwischen lebte ich in einer Dauerangst vor dem Schwindel mit den schmerzhaften Begleiterscheinungen. In der kommenden Nacht ließ der Schwindel von mir ab, um mich am nächsten Morgen wieder mit voller Wucht zu attackieren.

Ich ging am nächsten Tag zum Arzt oder besser: Ich rannte zum Arzt. Julian begleitete mich. Ich schilderte dem Arzt meine

Beschwerden und verlangte ein Medikament, das mich von diesem Schwindel heilte.

„Schwindel kann viele Ursachen haben. Wir müssen unbedingt herausfinden, wodurch er ausgelöst wird. Es muss keine ernsthafte Erkrankung vorliegen, aber das ist erst einmal abzuklären." Der Arzt drehte sich entschlossen weg.

„Ich gehe zu den Untersuchungen, selbstverständlich! Aber können Sie mir nicht erst einmal etwas verschreiben, was diese entsetzlichen Drehschwindelanfälle verhindert? Sie sind nicht auszuhalten!", bettelte ich weiter.

„Es tut mir sehr leid. Ohne die Ursache zu kennen, kann ich Ihnen nichts Wirkungsvolles verschreiben. Ich würde dringend empfehlen, dass Sie sofort in ein Krankenhaus gehen und sich dort stationär untersuchen lassen. Solche Schwindelanfälle sollte man nicht auf die leichte Schulter nehmen!" Der Arzt drehte sich um und schrieb mir eine Einweisung ins örtliche Krankenhaus aus. Ich saß wie erschlagen auf dem Stuhl vor ihm. Müsste ich etwa noch länger mit diesen fürchterlichen Drehschwindelanfällen leben?

Inzwischen war mir alles egal. Ich wollte nur eins: dass diese entsetzlichen und schmerzhaften Anfälle verschwanden. Hatte ich mich wirklich überfordert? Würde Ruhe ausreichen, um wieder gesund zu werden oder hatte ich doch eine ernsthafte Krankheit? Die Ursache war mir egal, solange der Drehschwindel endlich aufhörte.

„Ich gehe ins Krankenhaus! So kann ich nicht leben", entschied ich mich. Julian sah mich ein wenig erstaunt an, nickte aber danach erleichtert.

„Ich fahre dich kurz nach Hause, damit du deine Krankenhaustasche packen kannst, und dann bringe ich dich noch zum Krankenhaus. Danach habe ich jedoch noch einen wichtigen Kundentermin."

„Danke!", sagte ich kurz. Ich stand da wie im Vollrausch. Panisch prüfte ich jedes Anzeichen meines Körpers, das auf den Beginn einer Schwindelattacke hindeuten konnte. Aber während des Arztbesuches hielt sich der Drehschwindel geschickt verborgen.

KAPITEL 8

Kaum lag ich im Krankenhausbett und wartete auf die allgemeine Aufnahmeuntersuchung in der Ambulanz des örtlichen Krankenhauses, schlug der Schwindel wieder erbarmungslos zu.

„Er ist wieder da!", keuchte ich und schlug voller Angst im Liegen mit meinen Armen um mich. Der Arzt kam aus dem Nebenzimmer zu mir gerannt.

„Öffnen Sie die Augen!", befahl er mir mit ruhiger Stimme.

„Kann ich nicht. Es dreht sich doch alles. Wenn ich die Augen öffne, wird es noch schlimmer!" Normalerweise jammerte ich nicht so leicht über körperliche Beschwerden, doch jetzt in meiner hilflosen Situation wollte ich nur noch Hilfe.

„Es passiert Ihnen hier nichts. Bitte öffnen Sie die Augen, ich muss während eines Anfalls sehen, wie sich Ihre Pupillen bewegen."

Ich riss die Augen tapfer auf und sah, dass jemand mir mit einem hellen Licht ins Auge leuchtete. Alles drehte sich noch, mir wurde schlecht.

„Ganz ruhig!", sagte der junge Arzt und seine starke Stimme entspannte mich tatsächlich ein wenig. Der Schwindel ließ langsam nach. Erschöpft und schweißnass beruhigte ich mich. Ich hatte den Eindruck, wieder einen Marathonlauf hinter mir zu haben.

„Wodurch könnte mein Schwindel ausgelöst sein?", fragte ich diesen vertrauenserweckenden Arzt jetzt freundlich.

„Das kann man leider zu diesem Zeitpunkt noch nicht sagen. Ein Schwindel ist ein sehr unspezifisches Symptom. Es kann eine ernsthafte Krankheit dahinterstecken, aber vielleicht auch nur eine psychische Erkrankung. Wir werden Sie in den nächsten Tagen gründlich untersuchen."

Ich nickte zufrieden. Endlich würde ich von meinem Schwindel schnellstmöglich befreit.

In den nächsten Tagen wurde ich tatsächlich auf den Kopf gestellt: Computertomografie, ständige Blutabnahmen, Blutdruckmessung mit Belastungstest, neurologische Untersuchung, Urinuntersuchungen vor dem Aufstehen und nach dem Aufstehen, Herzuntersuchung mit CTG, Gehirnaktivitätsmessung anhand vom EEG, schlaflaborähnliche Untersuchungen und vieles mehr. Nur zur Kernspinuntersuchung war ich aufgrund meiner extremen Raumangst nicht bereit. Täglich versicherte man mir, dass bisher keine körperliche Ursache für den Schwindel gefunden worden war. Die Untersuchungen beruhigten mich, denn ich hatte den Eindruck, dass man mir helfen wollte. Zudem lenkten sie mich ab und der Schwindel verschwand bald völlig.

Die Ärzte warnten mich vor Folgeerkrankungen meines Übergewichtes. Diabetes mellitus Typ 2 wurde im Belastungstest festgestellt, ebenso ein zu hoher Bluthochdruck und ein zu hoher Cholesterinwert. Ich bekam Medikamente. Es wurde vermutet, dass der hohe Blutdruck eventuell am Drehschwindel schuld war. Allerdings könnten auch der Drehschwindel und meine Angst davor den Blutdruck noch mehr in Höhe getrieben haben.

Nach 14 Tagen fühlte ich mich so gesund, dass ich entlassen werden konnte. Zu Hause angekommen rief ich gleich in meiner Arbeitsstelle an und sagte, dass ich zwar noch wegen der Verschreibung meiner neuen Medikamente zum Hausarzt müsste, aber danach am nächsten Tag wieder im Büro erscheinen würde. Ich konnte förmlich das erleichterte Aufatmen meines Vorgesetzten am Telefon hören. Er klärte mich darüber auf, dass sehr viel Arbeit liegen geblieben sei und ich dringend für den Monatsabschluss gebraucht würde. Als ich das Telefonat beendet hatte, zitterte ich bereits wieder vor Aufregung. Hoffentlich ging es im Büro nicht so hektisch und mit so vielen Konflikten weiter, wie vor meinem Krankenhausaufenthalt!

In der kommenden Nacht wachte ich um halb eins auf. Ich fühlte mich total gerädert und spürte wieder diesen extremen Druck im Kopf. Na, hoffentlich setzte nicht gleich wieder der Schwindel ein, hoffte ich, nein: betete ich, und der Schweiß brach schon wieder fast zeitgleich mit dem Drehschwindel aus. Ich hatte Angst, während das Zimmer um mich herum im Schwindel versank und ich nur noch eine in verschiedenen Grautönen sich drehende Fläche sehen konnte. Ich saß inzwischen im Bett, hatte aber vollkommen die Orientierung verloren. Ich wollte Julian neben mir nicht wecken und hoffte, der Schwindel verschwand wieder, aber er blieb hartnäckig. Was, wenn er gar nicht mehr wegging? Ich fing an zu weinen.

„Tanja, was ist los?" Julians Stimme neben mir klang hellwach.

„Es dreht sich schon wieder alles. Ich hatte so gehofft, dass es aufgehört hat!"

Der Schwindel hielt vielleicht nur zwei Minuten an, aber es war eine quälende Ewigkeit für mich. In dieser Nacht kam der Anfall noch weitere zwei Male und am frühen Morgen brachte mich Julian wieder ins Krankenhaus zurück.

„Eine Ursache muss mein anfallsartiger Schwindel doch haben!", beharrte ich beim Arzt in der Ambulanz. Das Krankenhaus nahm mich erneut auf und verabreichte mir diesmal sofort beruhigende und Schwindel eindämmende Infusionen. Die ersten zwei Tage halfen die Infusionen hervorragend, danach hatte sich augenscheinlich mein Körper an diese Medikamente gewöhnt, sodass sie meinen Schwindel nicht mehr zuverlässig zurückdrängen konnten. Mein Ständer hing voll mit Infusionstüten, die den ganzen Tag darauf warteten, endlich in mich hineinzulaufen. Ich hatte den Überblick verloren. Bei einer bestimmten Infusion ging es mir immer schlecht, eine andere beruhigte mich wenigstens. Mein Schwindel wurde immer heftiger. Einmal schreckte ich aus dem Schlaf auf, da sich alles drehte. Ich wusste noch nicht einmal, wo ich war. Ich schrie und tobte, bis jemand kam und mit mir sprach. Sehen konnte ich während des Anfalls nichts und hatte auch keine Orientierung. Von Tag zu Tag fühlte ich mich schwächer. Ich wollte so nicht weiterleben.

Julian kam täglich. Ich versuchte mich anfangs, bei ihm zusammenzunehmen und zu lachen. Später gelang es mir nicht mehr.

Ich wurde weiter untersucht. Man machte einen unangenehmen Schwindeltest mit warmen und kalten Wasserspülungen in meinen Ohren mit mir. Fieberhaft suchte man nach einer Ursache, behandelte mich jedoch trotz meiner zunehmenden Ungeduld stets freundlich sowie verständnisvoll. In dieser Zeit hätte ich jede körperliche Erkrankung als Ursache für den Schwindel wie einen Freund begrüßt. Wenn die Ursache der Erkrankung gefunden würde, hätte man vielleicht auch eine effektive Möglichkeit, den Schwindel in den Griff zu bekommen.

Nach zehn Tagen verlegte man mich in ein anderes Krankenhaus, das eine spezielle Schwindelambulanz hatte. Ich schöpfte neue Hoffnung.

Julian besuchte mich weiterhin täglich. Aber die Gespräche verliefen immer eintöniger, wie auch am ersten Abend in dem neuen Krankenhaus.

„Ich habe hier wieder neue Hoffnung geschöpft, dass es mir bald besser geht!", wollte ich Julian mit meiner positiven Einstellung überraschen.

„Das freut mich! Aber ich verstehe nicht, dass die Ärzte bisher noch keine mögliche Ursache eines Schwindels gefunden haben. Du leidest doch noch immer unter diesem Drehschwindel?"

Deutlich konnte ich aus Julians Antwort seinen Zweifel an meiner Krankheit heraushören. Fast erschien es mir, als hielte er mich für eine Simulantin, die ihre Krankheit vortäuschte, um Aufmerksamkeit oder Unterstützung zu erhaschen.

„Ich leide entsetzlich unter dem Drehschwindel und würde alles tun, um ihn endgültig los zu werden!", beteuerte ich daher. Ich wollte Julian auch nicht verärgern, indem ich ihn direkt auf seine Zweifel ansprach. Schließlich besuchte er mich täglich und war für mich da.

„Ich weiß", stöhnte er und in seinen Augen war eher Unverständnis als Mitgefühl zu erkennen.

Mir fiel plötzlich nichts mehr ein, was ich ihm hätte erzählen oder ihm mitteilen können. Ich fühlte mich allein und unverstanden mit meiner Krankheit. Glücklicherweise hatten mich wenigstens die Ärzte noch nicht aufgegeben.

Nach einem längeren Moment des Schweigens stand Julian plötzlich auf. „Ich kann heute nicht so lange bleiben. Ich muss noch etwas wegen der gemeinsamen Selbstständigkeit von Susan und mir organisieren!"

Wumm, das saß! In der ganzen Zeit meines bisherigen Krankenhausaufenthaltes hatte er Susan kaum erwähnt. Nun ging er wohl offensichtlich wieder auf sein Alltagsleben über. Er hatte mich aufgegeben, erklärte mich für gesund oder etwa unheilbar? Ich musste verhindern, dass er womöglich sogar an Trennung dachte, da ich zu hinderlich für ihn geworden war. Tatsächlich musste ich mit meiner undefinierbaren Krankheit unglaublich störend für sein energiegeladenes, zukunftsorientiertes Leben geworden sein.

„Ja, dein eigenes Leben hat in den letzten Wochen sicher gelitten?", überlegte ich daher laut. „Ich bin hier in guten Händen. Du musst mich auch nicht jeden Tag besuchen." Es fiel mir schwer, Julian ein Stück weit frei zu geben, aber ich sah ein, dass auch er Freiraum brauchte.

Julian lächelte mich an und nahm mich zum Abschied in den Arm. „Danke, mal schauen. Spätestens übermorgen bin ich aber wieder hier!"

„Das reicht völlig!", sagte ich tapfer und war froh, mein schlechtes Gewissen ihm gegenüber ein wenig entlastet zu haben.

KAPITEL 9

Für den nächsten Tag war eine abschließende, langwierige Untersuchung zur Überprüfung meiner linken und rechten Gleichgewichtsorgane geplant: der Drehstuhl. Ich hatte Angst davor, dass während des Schwindeltests mein Drehschwindel ständig ausbrechen würde – hoffte aber, dass diesmal irgendeine Ursache gefunden wurde: Eine Krankheit, die man endlich konkret behandeln konnte und die von der Umwelt, als eine solche auch anerkannt werden würde.

Als ich im Vorraum des Untersuchungszimmers auf die Drehstuhluntersuchung wartete, war ich nicht allein. Zwei weitere Patientinnen saßen dort. Beide sahen sehr übernächtigt und in sich zusammengesunken aus.

„Auch Schwindel?", begann ich das Gespräch mit einer unsinnigen Frage, denn wir saßen gemeinsam vor dem Schwindeluntersuchungszimmer.

„Ja!" und ein Nicken der anderen Patientin war die kurze Antwort.

„Finden Sie es auch so fürchterlich?" Ich wollte mir die Gelegenheit nicht entgehen lassen, endlich nicht mehr alleine und als überempfindliche Simulantin dazustehen.

„Oh ja!" Beide nickten.

„Mein Drehschwindelanfall dauert zwar nie so ganz lange an, vielleicht drei Minuten, aber er kommt mir immer ewig vor!" Ich wollte von den anderen Mitleidenden mehr hören.

„Meine Schwindelattacken dauern manchmal bis zu 15 Minuten. Meistens muss ich dann auch noch brechen!" Eine der Patientinnen reagierte endlich.

„Oh, wie fürchterlich!" entfuhr es mir ehrlich.

„Ja! Und man weiß nicht, woher der Schwindel kommt!"

„Genau, wie bei mir!"

Nun schaute die dritte Frau auf: „Ursache für meinen Schwindel war wohl Migräne. Ich leide schon seit meiner Jugend unter starker Migräne bei Wetterumstellung, Stress und anderen Änderungen. Nun kam der Schwindel hinzu, was nicht unüblich sein soll. Meine Schwindelanfälle verschwanden gestern plötzlich und ich hoffe, sie kommen auch nicht wieder. Dennoch soll ich zur Sicherheit heute noch diesen Test mit dem Drehstuhl machen."

„Die Glückliche", dachte ich. Sie hatte eine greifbare Ursache und der Schwindel war weg.

„Frau Schneider, bitte!" Eine sehr freundliche wirkende Krankenschwester rief die Migränepatientin herein. Danach kam kein Gespräch im Warteraum mehr zu Stande.

Es dauerte noch eine drei viertel Stunde, bis ich hereingerufen wurde. Aber das Warten war ich im Krankenhaus schon gewohnt. Was hatte ein Patient im Krankenhaus auch sonst noch großartig zu tun – so hatte man wenigstens mal eine andere Aussicht. Zudem hatte ich bereits mehrere Male erstaunt festgestellt, dass mein Drehschwindel während Untersuchungen, Gesprächen oder Wartezeiten in Gängen grundsätzlich nicht auftrat. Manchmal zweifelte ich schon selbst daran, ob ich mir meinen Schwindel nicht doch nur einredete.

Die Untersuchung auf dem Drehstuhl war unerwarteterweise nicht unangenehm. Die immer schneller werdende Drehung des Untersuchungsstuhls war kaum zu bemerken, solange ich die dunkle Augenmaske trug. Nur das abrupte Anhalten des Stuhls war manchmal ein wenig unangenehm, aber durch das Ankündigen der freundlichen Krankenschwester sehr gut erträglich. Die noch darin eingeschlossenen Sehübungen empfand ich sogar als unterhaltsam. Alles in allem war ich geradezu traurig, als die Untersuchung zu Ende war und ich mich von der vertrauenserweckenden, freundlichen Schwester verabschiedete. Ich hatte mich dort sehr gut betreut gefühlt und erstaunlicherweise war der Drehschwindel trotz der starken Drehungen im Stuhl jetzt schon zwei Stunden ausgeblieben.

Allerdings kam ich kaum bis zu dem Flur, an dem mein Krankeneinzelzimmer lag, da setzte der Drehschwindel wieder mit aller Macht ein, als müsse er die Ruhezeit nachholen. Wankend und an die Gehstange an der Wand klammernd rief ich nach Hilfe. Eine Krankenschwester kam angelaufen, versuchte, mich zu beruhigen und in mein Zimmer zurückzubringen. Erschöpft und enttäuscht ließ ich mich in mein Bett fallen. Könnte ich jemals wieder alleine ohne Angst vor diesem entsetzlichen Drehschwindel herumlaufen, der mich absolut hilflos machte?

Würde ich wieder arbeiten können? Erstaunlicherweise erleichterte mich sogar die Vorstellung, meine Arbeitsstelle nicht mehr antreten zu können. Mein Körper entspannte sich spürbar. Ich würde aber auch vermutlich Julian verlieren oder aber er würde nur aus Pflichtbewusstsein bei mir bleiben. Das wolle ich auch nicht. Es kamen leise Zweifel in mir hoch. Konnte es womöglich sein, dass eine Trennung von Julian nicht nur Trauer, sondern ebenfalls Erleichterung in mir auslösen konnte? Unvorstellbar! Vermutlich war ich nur so durcheinander und genervt wegen meiner Angst, wodurch solch abwegige Gedanken in mir aufkamen?

Ich verließ an diesem Tag mein Krankenzimmer nicht mehr und wartete ungeduldig auf die Ergebnisse der Untersuchung, die mir vermutlich am nächsten Tag während der ärztlichen Visite mitgeteilt würden.

KAPITEL 10

Als am nächsten späten Vormittag die Tür meines Krankenzimmers aufging, saß ich schon erwartungsvoll in meinem Bett. Herein kam ein junger, freundlicher Arzt mit den begleitenden Assistenzärzten und einer Krankenschwester.

„Ich bin Herr Dr. Zumek und komme eigentlich von der psychiatrischen Abteilung im Hause."

Ich sah ihn fragend an. „Können Sie mir dennoch etwas über die Ergebnisse meiner gestrigen Untersuchung sagen?", fragte ich zweifelnd.

„Ja – eine gute und eine schlechte Nachricht."

„Ob schlecht oder gut ist mir egal - Hauptsache, es wird irgendeine behandelbare Ursache meines Schwindels gefunden!" Und das meinte ich absolut ernst.

Herr Dr. Zumek lächelte leicht auf, wurde dann aber wieder sachlich: „Bedauerlicherweise – und das war eigentlich meine gute Nachricht, wurde auch gestern keine krankhafte Ursache festgestellt."

Ich stöhnte auf. „Für mich ist das absolut keine gute Nachricht. Und was ist dann Ihre angekündigte schlechte Nachricht?", fragte ich entmutigt.

„Wir haben im Grunde schon länger die Diagnose für Ihre Schwindelanfälle, aber wir wollten jede mögliche körperliche Erkrankung ausschließen."

„Wirklich?", ich schaute verwundert auf. „Welche denn?"

„Sie berichteten doch schon häufiger, dass Sie sehr viel Ärger und Stress in Ihrer Arbeitsstelle hätten. Zudem fühlen Sie sich im Privatbereich auch sehr gefordert und glauben, den Anforderungen Ihres Lebenspartners kaum gewachsen zu sein."

Ich nickte erstaunt. Mir war gar nicht klar, so etwas so deutlich ausgesprochen zu haben. Aber es stimmte zweifellos.

„Zudem wurde festgestellt, dass Sie während einer Schwindelattacke stark geweitete Pupillen haben. Dies alles deutet auf eine Panikerkrankung hin."

„Wie bitte? Ich habe zwar etwas Platzangst, aber ich habe keine panischen Ängste."

„Doch, vor dem Drehschwindel oder etwa nicht?"

Ich nickte. „Aber, solche Kopfschmerzen, das Ohrensausen, das Drehen vor den Augen, die Desorientierung – das alles kann doch nicht nur auftreten, weil ich Angst habe?" Ich konnte und wollte es nicht fassen.

„Sie würden sich wundern, was unsere Psyche alles kann! Sie sind einfach überfordert und der Körper hat Sie lahmgelegt. So kann man es in Kürze sagen."

„Ja, und wie bekomme ich den Schwindel jetzt weg?" Ich war ratloser als zuvor.

„Sie dürfen Ihren Schwindel nicht beachten, wenn er kommt. Sie müssen auf diesem Wege versuchen, die Panik vor dem Schwindel zu verlieren."

„Dann verschwindet er wieder?"

„Ja!"

„Wie lange dauert es, bis er weg ist?"

„Das kann man nicht so genau sagen. Ein paar Wochen vielleicht."

„Noch so lange!", stöhnte ich. Der nette Arzt lachte.

„Dann stehen Sie jetzt mal auf und bieten Sie ihrem Schwindel die Stirn!", sagte er, hakte etwas in meinem Krankenblatt ab und verabschiedete sich.

„Vielen Dank!", sagte ich verwirrt und unzufrieden.

Herr Dr. Zumek und seine Delegation verließ mein Krankenzimmer und die Schwester, die das Schlusslicht bildete, ließ die Tür laut ins Schloss fallen.

Nun war es ruhig und ich saß regungslos auf meinem Bett. Ich war tatsächlich nicht krank. Ich war nur psychisch gestört. Ein so heftiger, schmerzhafter Drehschwindel resultierte nur aus der Gegenwehr meines Körpers, der sich schlichtweg überfordert fühlte. Da hatte Julian in gewisser Weise fast recht gehabt. Julian hatte sogar absolut richtig gelegen mit seiner Vermutung: Ich war nicht krank - meine Psyche hatte mir eine Krankheit tatsächlich nur vorgetäuscht.

Aber noch eine heftigere Frage türmte sich vor mir auf: Wie sollte ich meinem Schwindel denn nun die Stirn bieten und ihn damit vertreiben?

Zuerst gab ich meinem verhassten Drehschwindel einen Namen. Ich erinnerte mich an einen Kinofilm mit einem beeindruckenden Teufel, der Teufel der Panik und Erstarrung. Dieser höchst attraktive dunkelhaarige Dämon namens Torporas schöpfte seine unbesiegbare Kraft aus der panischen Erstarrung der Menschen, wodurch der betroffene Mensch noch schwächer wurde und der Teufel weiterhin stärker. Der Schneeballeffekt führte sehr schnell zum Tod des Menschen, wenn dieser sich nicht aus seiner panischen Erstarrung befreien konnte. Je länger er jedoch in dieser Todesangst verweilte, umso schwerer wurde es für ihn, seiner Panikerstarrung zu entfliehen und diesem Teufel die Stirn zu bieten. Ab sofort hieß meine Panik Torporas. Dieser attraktive Bewohner der Hölle genoss meine Panik und meine Erstarrung in Form des Drehschwindels und verstärkte sie sogar. Ich wollte ihn nicht weiter mit meiner Todesangst „versorgen" und würde ihn ab sofort als Gegner sehen, den ich zu besiegen gedachte. Also sprach ich mit Torporas, sobald ich in meiner Panik zu erstarren drohte, indem der Drehschwindel die Herrschaft über mich zu übernehmen versuchte. Dann lachte ich über Torporas und forderte ihn heraus. Diese „Selbstgespräche" fühlten sich albern an, waren aber teilweise durchaus wirkungsvoll. Einige Male verschwand der Schwindel nach einem nur kurzen Auflodern, jedoch leider nicht immer.

Ich wusch mir die Haare, obwohl dies eine der größten Herausforderungen für Torporas war. Sobald ich den Kopf tief in das Waschbecken hielt, hatte der Schwindel freie

Bahn. Nun ließ ich den Schwindel kommen und erstaunlicherweise verschwand er recht schnell wieder. Mutig versuchte ich auch, eine Runde über den Flur zu gehen. Immer an derselben Stelle, an einem Bild von einer jungen Frau in einem Boot, fühlte sich der Drehschwindel gerufen und erschien mit seiner vollen Härte. Immer wieder wartete er auf sein Signal, seinen Weckruf. Er kam und ging. Es war quälend, es war unangenehm, aber ich gewann an Stärke gegen Torporas, den Dämon der Angst und Panik.

Am Abend kam Julian. Ich erzählte ihm ganz stolz von meinen Fortschritten. Wie ein kleines Kind hoffte ich auf ein großes Lob!

„Wie kann man nur so viel Panik vor Schwindel haben, dass man die Kontrolle verliert!" Julian hatte unbedacht ausgesprochen, was er dachte.

„Ich kann es nicht steuern!"

„Das meine ich doch. Was war denn in deinem Leben so belastend, dass der Körper dich anscheinend lahmlegen musste? Die Arbeit oder ich?"

Ups, ich hatte nicht bedacht, dass Julian natürlich auch denken könnte, dass ich ihm die Schuld geben wollte.

„Nein, es war die Arbeit. Die ständigen Auseinandersetzungen dort und zu guter Letzt die wichtige Besprechung!" Ich stotterte. Eigentlich kam ich mir sehr schwach vor, als ich das so sagte.

Julian sprach das aus, was ich gedachte hatte: „Dann fühlst du dich deiner Arbeit wohl tatsächlich nicht gewachsen? Ich dachte, du seist froh, die Abteilungsleitung bekommen zu haben. Soziale Kämpfe gehören zu jedem Leben dazu und nicht jeder bekommt gleich Panikattacken!"

Ich schluckte. „Ich begreife es doch selbst nicht, wie das passieren konnte. Ich kann dir nur berichten, was der Arzt sagte. Da ich kein Psychiater bin, kann ich dich nicht über die näheren Umstände aufklären." Ich schämte mich so sehr für meine psychische Erkrankung, die meine Schwäche nun öffentlich zur Schau zu stellen schien.

„Dann müssen wir das wohl so akzeptieren", wiegelte Julian ab, schüttelte aber noch verständnislos mit dem Kopf.

Als eine Krankenschwester mir zwei Tage später sagte, ich solle einen kleinen Spaziergang im Krankenhausgarten machen, streikte ich jedoch.

„Es kann Ihnen gar nichts passieren. Sie werden weder umkippen noch ohnmächtig werden. Der Schwindel wird wieder verschwinden, wie er das auch hier die Tage zuvor tat. Das hat mir der Doktor versichert", versuchte sie mich zu motivieren. Aber ich weigerte mich, auch nur bis zum Krankenhausausgang ohne Begleitung zu gehen. Ich hatte Angst davor, alleine, hilflos, unorientiert und mit Drehschwindel auf fremde Hilfe, die vielleicht nicht kam, angewiesen zu sein.

KAPITEL 11

Am nächsten Tag erschien Herr Dr. Zumek wieder zur Visite. Er sah mich strafend an.

„Sie wollen noch immer nicht alleine weiter weggehen?", fragte er mich.

„Ja, noch nicht. Aber ich habe schon viele Dinge wieder getan, die ich mich nicht mehr getraut habe. Es wird besser, aber ich weiß auch nicht, wann ich in der Lage sein werde, wieder alleine aus dem Krankenhaus zu gehen."

„Wir können nun für Sie nichts mehr tun. Sie erhalten Psychopharmaka zur Beruhigung, aber hier in der Neurologie ist mit Ihrer Behandlung und Untersuchung Schluss. Das bedeutet auch, dass wir Sie nicht mehr länger hier halten können."

„Gibt es vielleicht eine Rehamaßnahme oder eine psychiatrische Abteilung, die mich noch aufnehmen könnte?", fragte ich verzweifelt. Ich konnte doch noch nicht zurück in mein altes Leben mit Ärger, Konflikten und einem Freund, der mich für meine Schwäche verachtete. Zudem kämpfte ich noch immer mehr oder weniger erfolgreich gegen Torporas, meinen Drehschwindel.

„Ein Aufenthalt in einer psychiatrischen Klinik wäre in Ihrem Falle sicherlich ratsam. Sind Sie damit einverstanden?"

„Ja, mir bleibt nichts anderes übrig. Ich will wieder gesund werden!"

„Das ist vernünftig. Ich suche Ihnen bis morgen Kliniken heraus, die Panikerkrankungen behandeln können."

„Vielen, vielen Dank!" Ich war ja so unendlich dankbar für die verständnisvolle Hilfe!

KAPITEL 12

Zehn Tage später wurde ich in einem Taxi zu einer speziellen psychiatrischen Klinik gefahren, die auf Therapien zur Heilung bzw. Bekämpfung von Panikerkrankungen spezialisiert war. Ich war nervös, da ich den Taxifahrer nicht mit meiner Schwindelattacke, im Falle ihres Auftretens, belasten wollte. Noch immer reagierte ich mit Panik auf Drehschwindel, die sich in hektischem Atmen, an den Kopf fassen, jammernden Geräuschen und gekrümmter Haltung äußerte.

„Na ja, der Taxifahrer wusste ja schließlich, in welche Klinik wir fuhren und ich psychisch krank sein musste", beruhigte ich mich immer wieder. Es war ein merkwürdiges Gefühl, jetzt dazuzugehören – zu „denen in der Klapse".

Die Autofahrt zur „Klapse" dauerte nahezu zwei Stunden. Ich fand es erschreckend, festzustellen, dass es mir jeden Kilometer, den ich mich weiter von meinem Freund Julian und meiner Arbeitsstelle entfernte, besser ging. Mein Kopf klärte sich zunehmend auf und ich nahm plötzlich den schönen Herbsttag, der die welken Baumblätter in bunte und goldene

Farben tauchte, wahr. Könnte es sein, dass mich der Abstand zu meinen Alltagsproblemen gesunden ließ? Könnte ich in dieser psychotherapeutischen Klinik wirklich meine Kraft und meinen Weg aus dem Irrgarten, in den sich mein Leben seit einiger Zeit verwandelt hatte, finden?

Bisher hatte auch ich die Leute, die irgendwann einmal in der Psychiatrie gewesen waren, für schwach und nahezu lebensunfähig gehalten. Wie war meine Lebensdevise noch gleich? „Wenn man sich nur genügend darum bemühte, war jedes Ziel zu erreichen"? War ich jetzt etwa auch lebensunfähig oder sollte ich meine Einstellung zu den psychiatrischen Kliniken, deren Patienten und vor allem mein Lebensmotto dringend überdenken?

Das letzte Gespräch mit Julian ging mir im Taxi durch den Kopf.

Ich hatte am Bettrand meines Krankeneinzelzimmers gesessen und mich mit Julian unterhalten, der sich einen blauen Besucherstuhl vor mein Bett gezogen hatte. Wie immer hatte er sich hochgestylt, als würde er ein Staatsoberhaupt besuchen wollen. Julian hatte einen schwarzen Anzug mit einem teuren hellblauen Hemd darunter und eine dunkle Krawatte, die breite, hellblaue Streifen in derselben Farbe wie das Hemd enthielt, getragen. Seine kurzen, dunklen Haare hatte Julian mit Haarwachs gebändigt, was ihm ein dandyhaftes Aussehen verliehen hatte. Keine Frage, Julian war hochattraktiv und einfach perfekt. Ich hätte mich sogar geschmeichelt fühlen können, dass er mich in solch einem Outfit besuchte, wenn ich nicht genau gewusst hätte, dass er sich für sein eigenes Wohlbefinden und seine Kunden so herausgeputzt hatte, und nicht vorrangig für mich. Ich dagegen hatte in einem samtigen, dunkelblauen Trainingsanzug auf der Bettkante gesessen und hatte ihm nun klar machen müssen, dass ich mich in einer Psychiatrie behandeln lassen müsste.

„Tanja, weißt du, dass Susan und ich uns schon nach einem eigenen Versicherungsbüro umschauen?", hatte Julian fröhlich begonnen, von sich und seinem perfekten Leben zu erzählen. Ich hatte nur genickt und innerlich aufgestöhnt. Natürlich hatte ich das gewusst, denn die Zwillinge waren tatkräftige Macher mit viel mehr Kraft als ich. „Susan ist einfach der Hammer! Mit kurzem Röckchen und einer piepsigen Stimme gibt sie sich als meine Sekretärin aus und wickelt die Wohnungsmakler um ihre Finger. Da befürchte ich direkt, dass meine Versicherungskunden zu ihr überlaufen, wenn wir zusammenarbeiten." Julian hatte belustigt aufgelacht. In seiner Stimme hatte deutlicher Stolz auf seine Schwester mitgeschwungen.

„Wenn ihr eure gemeinsame Versicherungsagentur eröffnet habt, wird sich noch herausstellen, ob sie sich wirklich dazu eignet", hatte ich verärgert eingewandt.

„Vorerst muss ich Susan leider offiziell tatsächlich nur als meine Bürokraft einstellen, denn sie muss zuerst noch die erforderlichen Prüfungen für den kompetenten Verkauf von Versicherungen ablegen. Das wird sie jedoch bestimmt mit Links schaffen." Julians Vertrauen in die Fähigkeiten seiner Zwillingsschwester war unerschütterlich.

Ich hatte nicht mehr auf seine Erwiderung reagiert, zumal ich erneut mit den ersten Anzeichen eines Schwindelanfalls zu kämpfen hatte. Mir war klar gewesen, dass ein Schwindelanfall zu diesem Zeitpunkt meine Schwäche gegenüber Susans Stärke überdeutlich zum Ausdruck gebracht hätte. „Torporas" durfte nicht gewinnen und allein schon durch diesen Gedanken fühlte sich die Panikattacke herzlich eingeladen, in Erscheinung zu treten.

„Was gibt es denn bei dir Neues, Tanja? Wann kannst du wieder arbeiten gehen?", hatte mich Julian plötzlich gefragt, da er zu merken schien, dass ich mich auf etwas anderes als unser Gespräch konzentriert hatte.

„Vorerst werde ich nicht wieder arbeiten können", hatte ich unsicher geantwortet. Nun war es an der Zeit gewesen, ihm die Wahrheit zu sagen.

„Haben sie endlich doch noch eine Ursache für deine Schwindelanfälle gefunden? Ist es etwas Schlimmes? Musst du operiert werden?" Erstaunlicherweise klang Julians Stimme weder besorgt noch erschrocken, sondern eher hoffnungsvoll. Wenn ich eine körperliche Erkrankung hätte, könnte er es verstehen und besser damit umgehen. Sein Unverständnis für meine psychische Erkrankung schmerzte sehr und entfremdete uns immer mehr voneinander.

„Leider muss ich dich enttäuschen", hatte ich daher sarkastisch geantwortet. „Die Ärzte vermuten, nein, sie wissen, dass der Schwindel auf psychischen Problemen beruht und daran hat sich „leider" auch nichts geändert." Ich wartete jetzt auf die deutlich sichtbare Enttäuschung von Julian, solch eine lebensunfähige Freundin zu haben.

„Ich habe nochmal über deine „Probleme" nachgedacht. So ganz verstehe ich dich noch immer nicht. Beruflich läuft doch alles bestens. Du hast die Buchhaltungsleitung übertragen bekommen, für die du dich beworben hast. Wenn du Ärger oder zu viel Stress hast, könntest du doch deine Arbeiten delegieren oder den Ärger an deine Untergebenen weitergeben. Allerdings frage ich mich, ob du vielleicht noch immer ein Problem mit Susan hast?" Ich hatte Julian deutlich angemerkt, dass er mich wirklich nicht hatte verstehen können oder auch wollen.

So langsam war ich wütend geworden, denn ich hatte mich von ihm nicht ernst genommen und vor allem in die Ecke gedrängt gefühlt. Er suchte nach Lösungen, die ich schon so häufige Male im Kopf und im Berufsleben ohne Erfolg durchgespielt hatte. Der Zorn hatte allerdings erstaunlicherweise die Vorzeichen meines drohenden Schwindelanfalls völlig verschwinden lassen. „Ich kann keine Arbeit delegieren, da auch meine Mitarbeiter schon erhebliche Überstunden leisten müssen, um ihre eigenen Aufgaben zu schaffen."

„Du meinst sicher: "deine Untergebenen'", korrigierte mein Freund.

„Nenn es, wie du willst, Julian, aber ich beute niemanden aus, um mich selbst zu schonen."

„Das musst du aber lernen, sonst bist du für den Leitungsposten nicht geeignet. Die Untergebenen versuchen doch meistens, sich das Leben so angenehm wie möglich zu machen. Wenn du sie nicht genügend unter Druck setzt, leisten sie immer weniger." Julians Stimme hatte einen väterlich-belehrenden Ton mir gegenüber angenommen, den ich an ihm verabscheute.

„Du hast vollkommen Recht. Vielleicht bin ich für diese Leitungsstelle tatsächlich nicht geeignet", hatte ich wütend gekontert und plötzlich hatte ich das Gefühl gespürt, mit Kraft durchflutet zu werden.

„Du bist momentan durch deinen Zusammenfall sehr belastet und das langweilige Herumliegen im Krankenhaus reißt zudem noch zusätzlich an deinen Nerven. Also, wann kommst du nun nach Hause?" Es war unglaublich gewesen, dass Julian mich einfach nicht hatte ernst nehmen wollen.

„Vorerst nicht", war meine kurze, aber treffende Aussage gewesen.

„Dann war doch vielleicht Susan der Auslöser? Wie häufig habe ich dir gesagt, dass sie nur meine Zwillingsschwester ist, während du..."

Ich hatte ihn ungeduldig unterbrochen: „Ich weiß das und es ist alles in Ordnung mit Susan. Das ist nicht der Grund."

„Was könnte sonst so fürchterlich zu Hause sein, dass du vorerst im Krankenhaus bleiben möchtest?" Julian hatte meine Hand genommen.

„Mein Drehschwindel ist so fürchterlich."

„Aber du bist doch nicht wirklich krank. Das hat dir doch der Arzt bestätigt. Nach ein paar Tagen Ruhe wird sich das doch sicher wieder geben und dein quälender Drehschwindel für immer verschwunden sein." Offensichtlich hatte Julian nicht verstanden, dass eine psychische Krankheit auch behandelt werden musste. Wie hätte er auch?

„Ich bin krank, wenn auch nicht körperlich, Julian. Ich bin psychisch krank. Ich habe eine Störung, die ich nur mit fachlicher Hilfe lösen kann."

Julian hatte geschluckt. Ich hatte gewusst, dass ich ihm das Schlimmste angetan hatte, was er sich hatte vorstellen können: Seine Freundin war psychisch krank. Er hatte diesen für ihn offensichtlichen Schwächebeweis nicht verstehen wollen und können. Seine Freundin war nicht mehr stark. In seinen Augen war ich nun hilfebedürftig und niemand mehr, auf den er stolz sein könnte.

„Dann suche ich dir einen guten Psychiater", hatte er nach einer Ewigkeit mit rauer Stimme erwidert.

„Das brauchst du nicht, denn ich gehe in eine psychiatrische Klinik." So, nun war mein drückendes Geheimnis gelüftet. Angespannt wartete ich auf Julians Reaktion, die genauso ausfiel, wie ich es befürchtet hatte: „Das kannst du nicht machen! Das ist unmöglich! Dann halten dich alle für labil, psychisch gestört oder sogar für verrückt."

Ich hatte tief eingeatmet. „Julian, siehst du mich dann auch so?"

„Nein", hatte er viel zu schnell geantwortet, doch dann siegte seine Ehrlichkeit: „Um ehrlich zu sein, ein wenig schon. Du wirkst dadurch schwach, nicht mehr belastbar und so, als müsste man dich ab jetzt mit Samthandschuhen anfassen."

„Es tut mir leid, das zu hören, aber es gibt keinen anderen Weg. Meine Drehschwindelanfälle machen mir ein normales Leben unmöglich. Also muss ich etwas dagegen tun, was Erfolg verspricht. Die Ärzte raten mir zu einem mehrwöchigen Aufenthalt in einer psychiatrischen Klinik, also werde ich genau das auch tun. Die Entscheidung fiel mir nicht leicht, denn auch ich hatte Vorurteile. Ich werde jedoch auf jeden Fall dorthin gehen, denn ich möchte gesund und wieder belastbar werden." Damit hatte ich mein Essay beendet. In Gedanken war ich diese Ankündigung bereits unzählige Male durchgegangen und nun hatte das Gespräch doch einen anderen Verlauf genommen als geplant.

„Wenn du das willst, musst du das wohl tun", hatte Julian teils zögerlich teils resignierend geantwortet. Er war sich mit der rechten Hand über sein gegeltes Haar gestrichen. „Aber dann rate ich dir, wenigstens deinem Arbeitgeber diese Maßnahme zu verschweigen."

„Ich werde niemandem etwas verschweigen!" Langsam war meine Stimme lauter geworden. „Wie sollte ich das auch tun, wenn ich meine Krankschreibungen von dieser psychiatrischen Klinik bekomme?" In Gedanken hatte ich noch ergänzt: „Ich habe schon viel zu lange verschwiegen, dass ich mich mit diesem Leben völlig überfordert fühlte."

Julian war daraufhin abrupt aufgestanden. Er hatte den Besucherstuhl so heftig an den Tisch zurückgestellt, dass ich bei dem lauten Geräusch zusammengezuckt war. „Wenn du nichts mehr auf meinen Rat gibst, kann ich auch wieder an meine Arbeit gehen."

„Ich werde morgen mit einem Taxi dorthin gefahren", hatte ich schuldbewusst ergänzt. Ich hatte ihn nicht kränken wollen, aber ich hatte diesen Weg gehen müssen. Er schien mir die momentan einzige Möglichkeit aus meinem Lebenslabyrinth heraus. Die Schwindelanfälle waren unerträglich, ebenso wie meine Angst davor. Ich musste etwas dagegen tun.

„Schön für dich. Dann wünsche ich dir gute Besserung. Du kannst dich mal melden, wenn du wieder normal bist." Ohne weiteren Abschiedsgruß hatte Julian mein Krankenzimmer verlassen. Tränen waren mir die Wangen heruntergelaufen und Zweifel hatten mich bedrängt, dass ich womöglich doch eine falsche Entscheidung getroffen hätte. Dennoch war mir klar, dass es im Grunde keine wirkliche Entscheidung zwischen Alternativen war, denn ich konnte keinen anderen Weg gehen, wenn ich gesund werden wollte.

In diesem Moment im Taxi in der Erinnerung an dieses Gespräch mit Julian schluchzte ich einmal auf.

„Geht es Ihnen gut oder soll ich einen Moment anhalten?", fragte der ältere Taxifahrer besorgt.

„Nein danke, es ist alles in Ordnung", log ich. Meine unbeeinflussbaren Drehschwindelattacken hatten mein Leben auf den Kopf gestellt. Sie steuerten meine Entscheidungen nun und ich hatte keine Wahl mehr, wenn ich gegen sie antreten wollte. Meine größten Befürchtungen waren eingetreten. Wie sollte es nur mit mir, meinem Leben, meiner Arbeitsstelle und vor allem mit Julian weitergehen - danach?

KAPITEL 13

Plötzlich tauchte ein großer, gepflegter, hell gestrichener Gebäudekomplex mit mehreren Gebäuden auf. Mehrere Leute saßen in normaler Straßenkleidung auf den Bänken davor oder unterhielten sich lebendig gestikulierend auf dem breiten Weg am Gebäude, an dessen Rand Büsche, Bäume und Gras gepflanzt waren. So einladend hatte ich mir immer eine Rehaklinik vorgestellt, aber kein psychiatrisches Krankenhaus. Wir fuhren an einem riesigen Vorgarten vorbei zur Eingangstür. Das sollte eine „Klapse" sein? Das sah aus wie eine Riesenvilla mit Nebengebäuden für die Angestellten und einem gepflegten Garten wie aus der amerikanischen Fernsehserie „Reich und schön". Der Taxifahrer musste sich verfahren haben.

„Ist das hier die psychiatrische Klinik, zu der Sie mich fahren sollten?", fragte ich vorsichtig nach, als das Taxi vor der riesigen Eingangstür anhielt.

„Ja, wir sind da. Könnten Sie mir bitte diese Quittung unterschreiben, damit Ihre Krankenkasse die Fahrt auch bezahlt?"

Ich unterschrieb. Meine Hand zitterte und ich merkte erst jetzt so richtig, wie schwach ich durch die Medikamente, meine Panik und das Liegen im Krankenhaus oder vielleicht auch durch mein Leben davor geworden war. Der Taxifahrer hob noch meinen großen Koffer aus dem Kofferraum, den mir mein Bruder gestern Abend noch gebracht hatte. Mein Bruder war ein Schatz. Er hatte Verständnis gezeigt und nahm mich einfach nur ruhig in den Arm, als ich ihm alles erzählt hatte. Leider jedoch war er als Berufssoldat selten bei mir. Dennoch freute ich mich für ihn, denn er war mit seinem Beruf sehr glücklich und hatte vor kurzem auch seine große Liebe, eine Autorin, geheiratet, die von zu Hause arbeiten und somit problemlos sowie flexibel mit ihm herumziehen konnte. Meinen Noch-oder vielleicht-auch-nicht-mehr-Freund Julian hatte ich nach unserem traurigen Gespräch nicht mehr darum bitten wollen, mir einen großen Koffer vorbeizubringen.

Noch immer vor Schwäche zitternd zog ich den Reisekoffer hinter mir her. Durchgeschwitzt erreichte ich nur ein paar Minuten später die Rezeption. Schnaufend legte ich der freundlichen Empfangsdame meine Einweisung, meine Krankenkassenkarte und meine Zusatzprivatversicherungskarte hin. Alles Weitere lief nahezu automatisch ab. Ein Pfleger kam kurze Zeit später, nahm den Koffer und bat mich, ihm zu folgen. Wir verließen die Rezeption und liefen am Haus entlang zu einem anderen Eingang, über dem „Station D" stand. mit dem Aufzug fuhren wir in den fünften Stock. Wortlos folgte ich ihm. Mich überraschte die wohnliche Atmosphäre. Stühle und Tische standen in den Gängen, Bilder hingen an den Wänden.

„Wo sind die anderen Patienten?", fragte ich ängstlich befürchtend, sie wären auf ihren Zimmern eingeschlossen.

„Vormittags finden die wichtigen Therapien statt. Ergotherapie, Gruppentherapie und Einzelgesprächstherapien. Wenn wir in Ihrem Zimmer sind, erkläre ich Ihnen alles genauer."

Ich nickte. Wir kamen am Schwestern- bzw. Pflegerzimmer vorbei und plötzlich blieb der nette Pfleger an einer Tür stehen und öffnete sie. Ein freundlich eingerichtetes Zimmer mit Fernseher, kleinem Bad und Balkon erinnerte mich mehr an ein Hotel- als an ein Klinikzimmer.

„So, da sind wir. Das wird für die nächsten Wochen Ihr Zuhause sein. Da Sie eine private

Zusatzversicherung haben, können Sie dieses Zimmer alleine bewohnen."

Ich nickte.

„Das ist am Anfang vermutlich alles ein bisschen viel für Sie, aber nach ein paar Tagen wird der Ablauf hier zur Routine."

Ich nickte erneut.

„Ihr Zimmer können Sie umräumen, dekorieren und Bilder aufstellen. Allerdings ist das Einschlagen von Nägeln unerwünscht, sonst ist unsere Wand bei den vielen Patienten bald löchrig. Besuche sind natürlich erlaubt, aber nur innerhalb der Besuchszeiten und nicht über Nacht. Außerdem..."

Ich hörte schon nicht mehr zu. Das war mein Zimmer. Endlich würde ich ein wenig Frieden finden können. Mir wurde erst jetzt bewusst, wie sehr ich meine innere und äußere Ruhe vermisst hatte.

Der nette Pfleger namens Peter erklärte mir alles genauestens, wobei er betonte, dass mir auch jeder der Patienten stets gerne helfen würde.

Ich sah mich währenddessen immer wieder in meinem Zimmer um. Das war mein Reich! Wenigstens für die Zeit meines Aufenthaltes in dieser Klinik - für ein paar Wochen.

Der Pfleger schaute auf seine Armbanduhr. „Den Rest erfahren Sie am Nachmittag von Frau Dr. Rieger, ihre Psychologin. Sie wird Ihnen auch Ihren wöchentlichen Therapieplan geben und erklären. Ab 11:45 Uhr gibt es Mittagessen, das möglichst mit den anderen Patienten eingenommen werden sollte. Es ist bereits kurz nach 12:00 Uhr. Ich zeige Ihnen dann am besten sofort den Essraum mit der angeschlossenen Küche. Wie das alles funktioniert, erklärt Ihnen sicher gerne einer unserer Patienten."

„Ich frag mich dann durch", lächelte ich. Ich wunderte mich, wie freundlich der Pfleger mit mir umging, fast so, als wäre ich ein wichtiger Kunde. Durch meine Zusatzversicherung war ich hier zwar eine Privatpatientin, aber ich wusste auch, dass Plätze in solch einer guten psychiatrischen Klinik begehrt waren.

Während ich noch vor mich grübelte, aus welchem Grund der Pfleger Peter so nett zu mir gewesen war, erreichten wir auch schon den Speisesaal.

„Dann lassen Sie es sich mal schmecken, Frau Brauner", grinste der Pfleger, ehe er schnellen Schrittes verschwand.

KAPITEL 14

Etwas verloren schaute ich mich in dem nicht sehr großen Raum um. An mehreren Vierertischen saßen schätzungsweise 40 Männer und Frauen gemischten Jahrgangs, redeten und lachten fröhlich. So locker hatte ich mir die Patienten in einer psychiatrischen Klinik nie vorgestellt. Ehe ich jedoch selbst aktiv werden musste, stand ein lebhaft gestikulierender Mann Mitte 30 auf und kam lachend auf mich zu. „Hallo, du bist also die Neue, die ab morgen in unserer Gruppe ist. Wir waren schon alle sehr gespannt, dich kennen zu lernen. Ich bin der Heiko."

„Hallo Heiko! Ich bin Tanja. Wie läuft das denn hier mit dem Mittagessen?" Mein Magen knurrte bereits bei diesem intensiven Essensgeruch nach gut gewürztem Fleisch.

„Einen schönen Namen hast du!", versuchte Heiko, einen warmherzigen Smalltalk mit mir zu führen. Leider war ich in dieser Art von Kommunikation nie besonders gut gewesen.

„Danke dir, Heiko. Ich fühle mich noch ein wenig überfordert hier", lachte ich daher ein wenig schüchtern.

„Das ging uns allen so am Anfang. Komm, ich zeige dir, wie du erst einmal an dein Essen kommst." Dankbar folgte ich Heiko.

Er besorgte ein Tablett mit einem abgedeckten Mittagsessen für mich und führte mich an den Vierertisch, an dem er selbst gesessen hatte.

„Da ist noch ein Platz für dich frei." Heiko zeigte auf mich, während er die zwei anderen am Tisch anlächelte. „Das ist Tanja, die Neue."

Offensichtlich hatten alle schon gehört, dass eine neue Patientin eintreffen sollte. „Das ist André." Dabei wies Heiko auf einen etwas unscheinbar und ernst wirkenden Mann im schätzungsweise ähnlichen Alter wie ich, also um die 31 Jahre alt. „Die hübsche Dame an unserem Tisch ist Vanessa."

Sie nickte mir freundlich zu. Vanessa hatte kurze, blonde Haare und auffällig große braune Augen. Obwohl sie stark geschminkt war, strahlte sie eine seltene Natürlichkeit aus. Ich setzte mich als Vierte an diesen Tisch und fühlte mich sofort wohl.

„Das Essen ist manchmal nahezu ungenießbar. Aber heute an deinem ersten Tag hier schmeckt es sogar ganz gut", bezog mich Heiko in das Gespräch mit ein.

„Ja, es schmeckt gut", bestätigte ich kurz, nachdem ich mir eine kleine Petersilienkartoffel mit einer dunklen Soße in den Mund geschoben hatte.

„Du musst es uns nicht sagen, wenn du nicht willst, aber wir wären schon neugierig, warum du hier bist." Nun sprach mich Vanessa ehrlich interessiert an. Ihre Stimme war weich und mitfühlend.

„Nun ja." Ich stockte. „Ich weiß bisher nur, dass ich unter psychisch verursachten Drehschwindelanfällen leide, wenn ich Angst oder Panik bekomme. Das soll eine Panikerkrankung sein."

Vanessa schien mit meinen Angaben etwas anfangen zu können. Sie nickte freundlich und aufrichtig begann sie, von sich zu erzählen: „Ängste und Panik kenne ich leider auch allzu gut. Ich leide gleich unteren mehreren auf einmal: Flugangst, Angst vor Spinnen und Fliegen, also den kleinen fliegenden, summenden, schwarzen Rosinen. Ich gebe mich ungern mit halben Sachen beziehungsweise Ängsten ab. Wenn ich eine Angsterkrankung entwickle, dann aber auch so, dass sich mein Aufenthalt hier wenigstens so richtig lohnt."

„Unsere Vanessa hat nicht nur Angst vorm Fliegen, sondern auch vor allem, was fliegt", ging Heiko humorvoll auf Vanessas Erkrankung ein.

Ich lachte auf. Ich fand es nicht nur erfrischend, sondern auch ungeheuer entspannend, wie offen und unverkrampft diese Patienten über ihre psychischen Probleme sprachen. Daher taute ich sofort auf: „Ich habe Raumangst und kann daher auch kein Flugzeug besteigen. Ich gebe zu, dass ich Spinnen auch nicht mag. Aber die Angst vor den Fliegen ist im Sommer sicherlich fürchterlich. Diesen Insekten kann man doch kaum entgehen. Sie sind überall", stellte ich erschrocken fest.

„Genau, es ist fürchterlich", stimmte mir Vanessa mit einer freundlichen Stimme zu. „Ich bin Krankenschwester und übergroße sterile Sauberkeit ist für mich ein Muss. Ich weiß, dass die Fliegen überall und damit meine ich: wirklich ÜBERALL landen und diese ekligen und unhygienischen Sachen dann durch ihre Borstenhaare mitschleppen und übertragen." Vanessa lachte auf und schüttelte sich. Ich nickte nur. Wie konnte sie bloß so locker mit ihren schrecklichen Ängsten umgehen?

„Ich leide unter Ohnmachtsanfällen, die ähnlich wie deine Schwindelanfälle in der Psychologie zu beurteilen sind", stellte sich jetzt André vor. Er war der Ernsthafte am Tisch und hatte eine ruhige, starke Stimme.

„Du fällst einfach um, André?", fragte ich nach.

„Leider ja. Momentan arbeiten wir an meinem Trauma aus der Kindheit und hoffen, dass ich zukünftig ohne Platzwunden und den blauen Flecken aufgrund von Ohnmachtssturzunfällen leben kann." André deutete auf seinen linken Unterarm, auf dem ein riesiger blauer Fleck prangte.

„Dieser Bluterguss entstand bei einem Sturz?", vermutete ich. André nickte wortlos.

„Dann bin wohl ich wohl dran", kicherte Heiko. „Ich heiße Heiko, bin 34 Jahre alt, seit neuestem arbeitslos und frischgebackener Single. Da mir die beiden zuletzt genannten Eigenschaften überhaupt nicht gefielen, wollte ich mich heimlich, still und leise verdrücken. Das hat nun leider nicht so geklappt wie geplant und nun will man mich hier wieder psychisch aufbauen." In Heikos sarkastischer Darstellung seines offensichtlichen Selbstmordversuchs schwang jedoch tiefe

Niedergeschlagenheit mit. Wir alle schwiegen betroffen.

„Mensch, Freunde, warum so traurig? Jetzt sind wir hier und können zusammen viel Spaß haben." Heiko war es unangenehm, unsere Stimmung gedrückt zu haben.

„Es ist für mich verwunderlich, dass ihr alle trotz eurer Probleme so locker seid", bemerkte ich erstaunt.

„Leider", antwortete Vanessa, „sind nicht alle so gut drauf. Ein paar der Patienten haben häufig Streit miteinander. Mal geht es um die Waschtermine, also die Benutzung der Stationswaschmaschine, ein anderes Mal um den Stuhl, auf den man gerade sitzt. Es ist schade, wenn man die kostbare Zeit hier mit solchen Nichtigkeiten vergeudet."

Ich nickte. „Hier will man gesund werden und dies möglichst schnell und angenehm."

„Genau!", warf Heiko ein. „Bleib bei uns. Wir machen es uns hier schon angenehm."

Wir vier nickten.

KAPITEL 15

Am Nachmittag erfuhr ich von Frau Dr. Rieger, meiner stationären Psychologin, auch meine offizielle Hauptdiagnose: „Agoraphobie mit Panikstörung". Dies war nichts Neues für mich. Meine Raumangst, üblicherweise Platzangst genannt, wurde in den letzten Monaten immer stärker. Zudem kannte ich die Panik zur Genüge, die mich überkam, wenn ein Schwindelanfall mir die Sinne nahm und nicht aufzuhören schien.

Frau Dr. Rieger klärte mich jedoch sofort auf: „Frau Brauner, mit der Panik ist nicht die Angst während des Anfalls, sondern die Angst vor dem Schwindel gemeint." Die etwa 50 Jahre alte Psychologin mit langen, teils ergrauten, schulterlange Haaren lächelte mich gütig an. Wir saßen an einem kleinen runden Tisch in ihrem Büro in gemütlichen Sesseln.

Ich schluckte. „Ich verstehe sie nicht so ganz, Frau Dr. Rieger!"

„Das ist auch nicht so ganz einfach. Ich frage sie erst einmal etwas. Warum haben Sie während eines Schwindelanfalls Angst? Wovor haben Sie Angst?"

Nun holte ich tief Luft und setzte mich an die Sesselkante. „Ich habe Angst, dass der Schwindelanfall nie mehr aufhört." Mehr fiel mir dazu nicht ein.

„Was wäre daran so schlimm?", forderte mich Frau Dr. Rieger heraus.

Ich schnappte nach Luft. War diese Psychologin etwa so unfähig, sich nicht vorstellen zu können, was Dauerdrehschwindel bedeutete?

„Fänden Sie es toll, wenn sich alles um Sie herum drehen würde? So, als säßen Sie im Dauerkarussell. Übelkeit kommt hoch, Erbrechen, Hilflosigkeit und Orientierungslosigkeit." Normalerweise war ich nicht besonders aufbrausend, aber ich hatte mich schon zu lange mit diesem endlosen Schwindel und dem Unverständnis von Julian gequält.

Gerade, als ich Frau Dr. Rieger die Symptome schilderte, fing das Piepen im linken Ohr wieder an. Der Boden wurde weich und der Schwindel setzte zwar langsam ein, wurde aber ständig schlimmer. Es drehte sich. Ich hielt mir den Kopf fest und sank in mich zusammen. Die Welt um mich herum verschwand im Strudel der Unklarheit, der Angst und der Panik. Ich merkte, wie ich jammerte, hörte aber nicht wirklich mehr etwas anderes als das laute Rauschen meines Schwindelorkans. Es dauerte dieses Mal lange fünf Minuten an, die sich wie Stunden anfühlten. Danach verschwand langsam das Rauschen und damit auch der Drehschwindel. Erst jetzt merkte ich, wie nass geschwitzt ich war. Zudem war ich wütend auf die Psychologin, die mich mit ihren Fragen so sehr genervt und an den Schwindel erinnert hatte, dass er sich gerufen fühlte. Torporas war wieder da und quälte mich mit meiner größten Angst.

Ich öffnete die Augen. Frau Dr. Rieger saß noch immer entspannt mit einem leichten Lächeln auf dem Sessel. „Vielleicht können Sie mir jetzt noch deutlicher antworten: Wovor genau haben Sie Angst?"

Ich war bestürzt und ich war geschockt, dass die Psychologin mir nicht geholfen, sondern mit einer an Schadenfreude grenzenden Gelassenheit meine Quälerei beobachtet hatte. Also antwortete ich voller Wut: „Ich habe Angst davor, dass der Drehschwindel auftritt und ich dann alleine bin, mir keiner hilft, ich nicht mehr nach Hause komme, womöglich orientierungslos unter ein Auto gerate und jeder mit mir machen kann, was er will. Ich möchte nicht elendig zu Grunde gehen und genau das würde ich mit einem andauernden Drehschwindel tun. Momentan habe ich zudem noch Angst, Panik zu bekommen, wenn der Drehschwindel auftritt und ich dann wahnsinnig davon werde."

„Gut, jetzt wissen Sie im Groben, was eine Panikattacke ist." Die Psychologin lächelte mich noch immer freundlich an.

Nein, ich war noch immer nicht klüger. Plötzlich fühlte ich mich klein und unwissend. Ich schüttelte den Kopf.

„Sie haben Angst vor der Angst." Frau Dr. Riegers beugte sich nun nach vorne und ihre Miene wurde ernst. „Frau Brauner, eine Panikerkrankung ist nichts anderes als die Angst vor der Angst. Wenn Sie so wollen, die Todesangst vor der Angst."

Ich schluckte. Das war alles ziemlich schwer zu verstehen. So einfach war das, den Schwindel zu heilen? „Dann muss ich einfach die Angst vor dem Schwindel verlieren und mein Drehschwindel kommt nie wieder?" Ich sah Hoffnung in mir aufkeimen. Ich erinnerte mich daran, dass Herr Dr. Zumek in der Schwindelklinik mir etwas Ähnliches geraten hatte.

„Ja und nein", beeilte sich die Psychologin, meine Erleichterung zu dämpfen. „Sie können den Drehschwindel bekämpfen, indem Sie ihm die Angst nehmen, ihn sozusagen ignorieren. Andererseits braucht dies Übung und Geduld. Es ist leider daher nicht ganz so einfach."

„Was soll ich tun?", fragte ich ungeduldig zurück. Ich wollte gleich damit anfangen.

Frau Dr. Rieger lachte auf. „Ich sehe schon, Geduld gehört nicht zu ihren Stärken? Im Grunde ist es einfach. Sie müssen ihren Drehschwindel einfach nur ignorieren, mehr nicht."

Das war auch Dr. Zumeks Rat gewesen. Allerdings war er nicht so einfach umzusetzen.

„Das ist aber unmöglich. Ich sehe und höre nichts mehr, wenn er einsetzt."

Frau Dr. Rieger nickte. „Ich weiß. Es funktioniert auch nicht sofort, sondern nur mit langer Übung, die Panikattacke davon zu überzeugen, dass sie auch tatsächlich ignoriert wird, keine Bedeutung mehr hat und daher verschwinden darf. Sie werden während des Schwindelanfalls weder umfallen noch sich sonst verletzen. Machen Sie einfach das weiter, was sie vorher getan haben. Natürlich gilt dies nicht für das Führen von Autos oder Bedienen von Maschinen, die Konzentration und eine Orientierung erfordern."

Ich hatte es verstanden, zumal es mir bereits zum zweiten Mal und auch ausführlicher erklärt wurde. „Wenn ich den Schwindel ignoriere, verschwindet er und kommt nie wieder. Ich bin dann geheilt, richtig?"

Frau Dr. Rieger schüttelte den Kopf und grinste nahezu diebisch. „Keiner kann Ihnen garantieren, dass der Drehschwindel oder andere Panikattacken nie wieder auftreten werden. Eine Panikattacke tritt grundsätzlich dann auf, wenn die mögliche psychische Belastungsgrenze der Person überschritten wird. Dies kann durch zu viel Stress, Krankheiten, Arbeit oder Suchtmittel, aber auch durch zu wenig Entspannung geschehen. Leider merkt man selbst nie so direkt und klar, wann diese psychische Belastungsgrenze erreicht oder sogar überschritten wird. Stress und weitere Belastungen werden dann als Bedrohung empfunden. Jeder Mensch hat daher schon einmal Panikattacken in irgendeiner Form erlebt. Die entstehenden Panikattacken werten manche Betroffenen instinktiv direkt als Angriff eines Feindes und bauen unterschiedlich ihre instinktiven Schutz- oder Verteidigungsstrategien auf.

Unsere verbliebenden Überlebensinstinkte bieten bei einem übermächtigen Gegner die Möglichkeit der Flucht oder des Totstellens an. Schwindel- oder Ohnmachtsanfälle sind ein instinktiver Versuch, sich tot zu stellen. Da aber nicht wirklich ein greifbarer Feind vor ihnen steht, wie beispielsweise ein Bär, der sich im günstigsten Fall zurückzieht, weiß die Psyche auch nicht wirklich, wann die Gefahr vorbei ist. Allerdings lässt die Attacke bei jedem Menschen nach ungefähr 20 Minuten nach, weil der Körper unter diesen extremen Belastungen mit Hormonausschüttungen gegengesteuert."

Ich fühlte mich von so vielen Informationen erschlagen.

Frau Dr. Rieger lächelte freundlich. „Ich weiß, dass dies viele Erklärungen auf einmal sind. Wir werden Ihnen das alles noch genauer und eindrucksvoller später in Ihrer Panik-und Angstgruppe erläutern. Ich wollte Ihnen nur verdeutlichen, dass das Ignorieren der in Ihrem Falle unbegründeten Angst zusammen mit dem Einsatz von wirksamen Entspannungstechniken für eine Heilung erforderlich ist. Wir werden mit Ihrer Hilfe Ihre Ängste herausfiltern und sie, falls Sie es wünschen, mit einer stufenweisen und individuellen Kornfrontrationstherapie erheblich mildern. Wir arbeiten hier übrigens mit der Verhaltenstherapie, die erfahrungsgemäß schneller zu Ergebnissen führt. Zudem werden wir auch in Ihrem Leben nachschauen, welche Situationen Sie als belastend empfinden, und werden gemeinsam nach Gründen und Lösungen suchen." Frau Dr. Rieger machte eine bedeutungsvolle Pause und schnappte nach Luft. Ich allerdings auch. Mit einem weiteren tiefen Seufzer ließ ich mich daraufhin in meinem niedrigen Sessel zurückfallen.

„Nun ja", begann ich langsam meine Gedanken zu ordnen. „Die Heilung habe ich mir doch tatsächlich leichter vorgestellt."

Die Psychologin lachte auf. „Das geht allen Patienten hier so, wenn sie neu eintreffen. Sie dachten sicher, sie müssten ein paar Übungen abmeditieren und können nach zwei oder drei Wochen als endgültig geheilt aus der Klinik entlassen werden?"

Ich nickte. „So ähnlich."

Frau Dr. Rieger beruhigte mich jedoch. „Wir werden sie hier natürlich zu nichts zwingen. Was sie bearbeiten oder lösen wollen und wie lange sie hierbleiben, hängt von Ihnen und von der Bewilligung Ihrer Krankenkasse ab."

Die Psychologin schob mir ein Päckchen Formulare zu. „Jetzt kommen Sie aber erst einmal hier an und gewöhnen Sie sich ein. Wenn Sie noch nicht genau festlegen oder erspüren können, wo ihre Probleme liegen, arbeiten Sie sich doch mal durch diese Fragebogen. Die Fragen darin können Ihnen und uns aufschlussreiche Informationen geben, wo es bei Ihnen drücken könnte. Dahinter ist eine Liste. Auf ihr können sie jedes Mal, wenn Ihnen ein Problem oder eine wichtige Überlegung in den Sinn kommt, die Sie im Leben belastet, diese erst einmal notieren. Wir beide reden dann in den Einzeltherapiesitzungen darüber oder Sie können es in den Gruppentherapien zum Thema machen."

Ich nickte, schnappte mir das Paket gedruckter weißer Blätter, bedankte und verabschiedete mich von Frau Dr. Rieger.

KAPITEL 16

Es tat gut und war beruhigend, dass hier so viel für mich und mein Seelenwohl getan würde. Allerdings hatte ich ursprünglich nicht geplant, mein Leben so stark zu verändern. Das würde Arbeit und Kraft benötigen. Eigentlich wollte ich nur keine Drehschwindelanfälle mehr und dann schnellstmöglich zurück zu meinem Job und zu meinem geliebten Freund.

Als ich an Julian dachte, zog sich mein Herz zusammen.

Wie gerne hätte ich Julian von all dem erzählt und mit ihm darüber diskutiert. Aber meinen Aufenthalt in dieser Psychiatrie konnte er nicht verstehen und wertete es als „unnormal" oder „schwächelnd" ab. Es tat mir unendlich weh, nicht seine Unterstützung und vor allem sein Verständnis für meine quälenden Krankheit bekommen zu können.

Vielleicht war er auch gar nicht mehr mein Partner, wenn ich zurückkam. Zudem musste ich mir eingestehen, dass ich auch zu meiner Arbeitsstelle nicht mehr zurück wollte. Super, die ersten Belastungen in meinem Leben hatte ich schon zielsicher aufgespürt. Würde ich jetzt wirklich die Chance bekommen, den richtigen Weg aus dem Irrgarten meines Lebens zu finden?

Kurz nach dem Gespräch mit Frau Dr. Rieger war es schon wieder Abendbrotzeit. Es standen verschiedenen Brotsorten, Wurst, Käse, Marmelade, Honig, Butter und Margarine sowie Äpfel oder Birnen zur Auswahl. Ich genoss es sehr, an dem Tisch von Vanessa, Heiko und André zu sitzen. Ihre positive Ausstrahlung tat mir gut und ihr freundschaftlich-kollegialer Umgang ebenso.

Nach dem Abendessen zog ich mich in mein Einzelzimmer zurück, da ich dachte, dass dies, wie im „normalen" Krankenhaus auch, üblich und erwünscht sei. Insgeheim hoffte ich auf einen Anruf von Julian. Mein Handy lag auf dem Tisch und ich starrte es wie hypnotisiert an. Julian müsste doch spüren, dass ich ihn brauchte und auf seinen Anruf wartete. Vermisste er mich so gar nicht? Ich schloss die Augen und versuchte es mit Gedankenübertragung: „Julian, bitte ruf an. Ich brauche dich sehr. Ich kann ohne dich nicht leben und nicht gesund werden. Bitte, ruf sofort an!" Das Telefon blieb still. Nach knapp zwei Stunden meditativen Hypnotisieren des Handys klopfte es plötzlich an meiner Zimmertür.

Ich erschrak und rief viel zu laut: „Herein!"

Die Tür quietschte leicht, als sie langsam geöffnet wurde. Vanessa stand im Türrahmen. „Darf ich hereinkommen oder störe ich? Wenn das der Fall ist, sag es ruhig. Hier hat man vollstes Verständnis dafür, dass jemand ungestört sein will."

Ich sah Vanessas freundliches Gesicht und sie tat mir unendlich gut. „Nein, ich wartete auf den Anruf meines Freundes, der aber nicht anrufen wird. Ich freue mich, dass du da bist. Komm doch bitte herein."

Vanessa nickte, schloss die Tür hinter sich und setzte sich auf den zweiten Stuhl zu mir an den Tisch. „Dein Freund ruft dich an deinem ersten Tag in der Klinik nicht an? Was ist das für ein Freund?", stocherte sie zielsicher in dem Kern des Problems.

„Vielleicht gar keiner mehr. Julian will eine starke Freundin und nicht einen psychisch labilen Jammerlappen."

„Tanja, du bist nicht labil, du bist krank. Du hast zuvor zu wenig auf dich geachtet. Nun sorgst du für dich und er will das nicht?"

In dem, was Vanessa gesagt hatte, steckte viel Wahres. Vielleicht wollte Julian auch unbewusst nicht, dass ich mich von anderen beeinflussen ließ und ihm dann die Stirn bieten konnte?

„Zum Abschied sagte er, ich solle mich erst wieder melden, wenn ich „normal" geworden sei. Ich weiß noch nicht mal, ob er das als Beziehungspause sieht", schluchzte ich jetzt doch.

Vanessa nahm mich sanft in den Arm. „Der Mann versteht dich nicht. Er tut dir offensichtlich nicht gut."

Im Inneren spürte ich, dass das stimmte. Aber ich konnte doch ohne ihn nicht leben. Ich liebte ihn abgöttisch. „Ich frage mich die ganze Zeit, ob ich ihn anrufen und alles erklären soll. Die Psychologin hat mir genau erläutert, warum ich krank geworden bin. Wenn ich ihm das auch genauso schildere, hält er mich vielleicht nicht mehr für durchgedreht und schwach."

Vanessa schüttelte den Kopf. „Frag Frau Dr. Rieger ruhig danach, ob du deinen Freund alles erklären sollst, ich halte das jedoch für keine gute Idee. Welcher körperlich Kranke würde glauben, sich für ein gebrochenes Bein oder eine Herzerkrankung rechtfertigen zu müssen? Du willst dich jedoch für deine Panikerkrankung bei Julian geradezu entschuldigen und ihm klar machen, dass du nicht schuld daran bist. Wenn dein Freund dich nicht bedauert, sondern dir die Schuld für diese Krankheit zuschiebt, solltest du darüber nachdenken, ob er wirklich der Richtige für dich ist. Hier kannst du in einem geschützten Glashaus mit vielen guten Freunden testen, ob du wirklich nicht ohne ihn leben kannst."

„Ich weiß nicht...", stotterte ich unsicher. Da war er wieder, der Irrgarten in meinem Leben, und die Richtung, in die ich gehen wollte, führte womöglich nicht aus diesem Labyrinth heraus.

Vanessa, die meine Gedanken erahnt hatte, fragte mitfühlend nach: „Erzähl mir mal mehr von deinem Freund, wenn du magst."

Ich erzählte ihr die ganze Vorgeschichte mit seiner geliebten Zwillingsschwester, seinem Stolz auf meine Führungsposition und seiner sympathischen Art, mit der er jeden für ihn einnahm.

„Was hatte ich ein Glück, ihn zu bekommen und nun verderbe ich mir alles durch meine Drehschwindelanfälle", schloss ich.

Vanessa gab mir ein Taschentuch aus ihrer Hosentasche. „Weine ruhig, das löst, klärt und erleichtert. Dein Julian verhält sich völlig rücksichtslos dir gegenüber. Er bräuchte eine ebenso egoistische Frau, die ihm gewachsen ist und keine gutmütige, sanfte Freundin. Er scheint Rücksicht, Entgegenkommen und Zuneigung als Schwäche zu werten und liegt damit zwar falsch, aber dennoch ist dies seine Überzeugung. Du solltest ihn nicht anrufen, sondern ihm und vor allem dir zeigen, wie stark und selbstständig du sein kannst, vor allem jetzt, da er deine schwere Entscheidung für diese Kliniktherapie nicht zu schätzen weiß."

Ich schluckte. „Das klingt tatsächlich überzeugend. Aber ich befürchte, dass ich ihn dann vielleicht ganz verlieren werde."

Vanessa legte den Arm um mich. „Tanja, wenn er dich verlässt, weil du krank bist, hast du ihn nie wirklich besessen. Ich weiß, solch eine Erkenntnis tut sehr, sehr weh und man braucht lange, bis man sich so etwas eingestehen kann. Denk mal drüber nach und nutze die Zeit hier, um darüber zu reden, dir vom Abstand heraus eine eigene Meinung dazu zu bilden und auch, um deinen geliebten Schatz mal zu prüfen. Ich kann zumindest von mir, André und Heiko sicher sagen, dass sie hier immer für dich da sein werden, wenn du reden willst. Aber auch die diensthabenden Pfleger und Schwestern sind überaus nett und immer für ein Gespräch mit dir bereit."

Ich nickte. Diese Sichtweise war neu für mich, aber auch befreiend. Ich durfte hier weinen, reden, jammern, leiden und nicht funktionieren. Ich durfte hier tun, wonach mir war und was mein Geist und Körper benötigte, um gesund zu werden.

„Eigentlich kam ich zu dir, um zu fragen, ob du mit uns einen Spaziergang machen willst. Wir gehen fast jeden Abend nochmal zusammen eine knappe Stunde spazieren, um die Nerven zu beruhigen und gut schlafen zu können. Wir drei sind dabei und meistens auch noch ein paar andere nette Mitpatienten. Komme doch einfach mal mit. Der Spaziergang in der kühlen Dunkelheit tut wirklich gut und macht die Gedanken frei." Vanessa schaute mich erwartungsvoll an.

Ich konnte jetzt einfach kurz entschlossen mitgehen. Ich musste nicht darauf achten, früh ins Bett zu gehen, weil morgen eine wichtige

Besprechung auf mich wartete. Ich musste nicht befürchten, dass mein Freund gleich seine Zwillingschwester mit einlädt und ich nur noch als lästiges drittes Rad am Wagen hinterherlaufen kann. Ich konnte auch ablehnen und es wurde widerstandslos akzeptiert. Es war das Paradies! Doch wie schlimm wäre es, wenn mich gerade dann draußen Torporas mit einem Drehschwindelanfall heimsuchen würde? Dann wäre ich orientierungs- und hilflos abends in der Dunkelheit auf einem Weg, den ich nicht kannte. Doch dann lächelte ich. Nein, hier war ich nicht alleine und hier würden mich die anderen nach Hause führen, schleppen, tragen, ziehen oder Hilfe holen. Ich kannte die drei Mitpatienten noch nicht einmal zwölf Stunden und dennoch vertraute ich ihnen, denn sie verstanden mich.

Ich fegte alle Bedenken aus meinen Gedanken. „Ich würde unheimlich gerne mitkommen", platzte es aus mir heraus und ich hatte den Eindruck, dass ich nun wie ein Honigkuchenpferdchen grinste.

„Schön! Aber zieh dich warm an, damit du nicht nur zitternd die Zähne aufeinanderbeißt, sondern auch lachen kannst. Es wird nämlich immer sehr lustig bei uns. Ich trommle die anderen zusammen und wir treffen uns in einer Viertelstunde am Schwesternzimmer."

Beim Heraussuchen von meinem Schal und den Handschuhen dachte ich noch an Julian. Vanessa hatte Recht und ich würde ihm und mir jetzt beweisen, wie stark ich sein konnte. Er bräuchte nicht darauf zu warten, dass ich um seine Aufmerksamkeit bettelte. Wenn Julian nicht mit mir telefonieren wollte, so würde ich dies akzeptieren.

KAPITEL 17

Die Tage in dieser psychotherapeutischen Klinik vergingen wie im Fluge. Meine interessanten Ergo-, Gruppen-, Einzel-, Entspannungs-, Musik-, Kunst- und Bewegungstherapien ließen mir die Zeit in der Klinik nicht langweilig werden. Eine neue Welt öffnete sich für mich, eine Welt, die nicht nur meine Leistung, sondern auch meine Gefühle ernst nahm.

Vanessa war eine enge Freundin von mir geworden und mit dem ernsten, vernünftigen André verband mich ein tiefes Verständnis, wie ich es früher noch nie bei einem Mann erlebt hatte. Er brachte meine Gedanken und Gefühle so genau auf den Punkt, dass ich manchmal erschrak. Aber er konnte mich auch mit einer einzigen Rückfrage zu meinem Leben dazu bringen, meinen bisherigen Tagesablauf oder meine gewohnten Verhaltensweisen von Grund auf neu zu überdenken. Er war mein höchstpersönlicher Therapeut geworden. Heiko war der Unterhalter der Gruppe. Er munterte uns auf, brachte uns zum Lachen und sorgte für gemeinsame Unternehmungen. Ich liebte sie alle drei und konnte mir nicht vorstellen, dass wir uns bald wieder trennen mussten, um unsere eigenen Wege zu gehen.

Dennoch dachte ich nahezu stündlich an Julian. Drei Wochen waren schon vergangen, seit ich in dieser Psychiatrie eingewiesen worden war und Julian war die Trennung anscheinend sehr leicht gefallen. Er hatte sich noch nicht ein Mal bei mir gemeldet. Ich hatte auch mit Frau Dr. Rieger darüber gesprochen, die damit einverstanden war, dass ich an den Wochenenden nicht nach Hause fuhr, wie es sonst normalerweise von den Patienten gewünscht war und ihnen auch empfohlen wurde. Ich genoss es auch in dieser Klinik zu sein, wenn ich mal ein Wochenende nahezu alleine war.

Ich hatte keinen Drehschwindelanfall seit meinem Eingangsgespräch mit Frau Dr. Rieger erlitten. Mir ging es so gut wie schon Jahre zuvor nicht mehr und ich nahm sogar langsam, aber völlig automatisch ab.

Meine Konfrontationstherapie lief immer besser und stärkte mein Selbstbewusstsein in einer nie vorher empfundenen Art und Weise. Ich merkte Stück für Stück, wie ich wieder

Herr über meinen Körper und meine Psyche wurde. Ich musste ebenfalls beschämt feststellen, dass ich die Signale und Vorgehensweise meines Körpers mit seinen Instinkten früher so wenig verstanden habe, wie Julian mich jetzt: kein Einfühlungsvermögen, kein Zuhören, keine Rücksichtnahme.

Mit meiner Zustimmung sperrte mich meine Psychologin so lange in den dunklen Aufzug ein, bis meine Panik nach nur 15 Minuten einem warmen Wohlgefühl wich. Der Körper hatte seine Beruhigungshormone zuverlässig ausgeschüttet, wie er es immer tat. Wenn ich ihn gut und mit Verständnis behandelte, ließ er mich auch nicht im Stich.

Nachdem ich dreieinhalb Wochen nicht zu Hause gewesen und auch keinen Kontakt mit Julian aufgenommen hatte, kam am Samstagnachmittag plötzlich ein Anruf von ihm. Ich saß gerade alleine, aber völlig zufrieden mit mir und der Welt in der Cafeteria der Klinik, trank einen heißen Kakao mit viel Sahne, beobachtete die anderen Gäste und freute mich über mein Leben hier. André, Vanessa und Heiko waren über das

Wochenende nach Hause gefahren. Das Telefon vibrierte. Ich dachte, einer meiner drei Freunde würde mich anrufen, aber das Display zeigte ganz klar „Julian" an.

Zögernd drückte ich den Gesprächsannahmeknopf.

„Ja, Julian?", meldete ich mich kühl.

„Hallo Tanja. Ich dachte, du rufst mich mal an." Julian wirkte erstaunlich unsicher und besorgt.

„Ich sollte mich doch erst wieder melden, wenn ich „normal" wäre. Leider hast du mir jedoch nicht gesagt, was genau du unter „normal" verstehst." Ich hatte riesige Angst, dass er mich wieder einfangen würde. Ich dachte an Vanessa. Ich dachte an André und Heiko. Ich würde es schaffen, stark zu bleiben! Einfach nur mir zuliebe.

„Ich bin schon auf dem Weg zu dir und in ungefähr einer halben Stunde da, sagt mein Navigationsgerät. Ich spreche über die Freisprechanlage." Julian brannte etwas auf dem Herzen, das merkte ich an seinem drängenden Tonfall. Ob er mich doch vermisst hatte?

„Ich sitze in der Cafeteria der Klinik. Sie macht in anderthalb Stunden zu. So lange können wir uns unterhalten." Julian sollte mir nicht wieder versichern, wie sehr er mich liebte und womöglich noch vermisste. Am wenigstens wollte ich, dass wir uns in meinem Zimmer träfen. Wie ich uns kannte, würde dies nach dieser langen Trennung nur im Bett enden. Ich wollte hier weiter unter meiner abgeschirmten Glasglocke hocken und meine begrenzte Zeit im unbekümmerten Paradies genießen.

„Gut, ich bin gleich da!" Julian drückte mich weg.

Plötzlich wirkte die Cafeteria nicht mehr so gemütlich und überhaupt nicht mehr weit weg von dem Stress und den Sorgen des Alltags. Hierherein brach gleich mein Freund, falls er es immer noch war. Aber seine Stimme war sehr besorgt gewesen. Mein Herz hüpfte. Er würde mich um Verzeihung bitten oder aber wenigstens drücken, küssen und vielleicht auch mehr. Ich hätte ihn doch in mein Zimmer einladen sollen, dann wäre die Versöhnung noch schneller und leichter gewesen. Ich schaute auf meine Armbanduhr und zählte die Sekunden von den 30 Minuten herunter. Noch 20 Minuten - noch 15 - noch 10.

Manchmal wirkte es so, als spränge der Sekundenzeiger nicht vorwärts, sondern zwischendurch auch mal zurück. Die

Cafeteriatür schlug auf. Nein, es war jemand anderes. Die Tür ging noch einmal auf und da stand er. Julian überstrahlte alles und sogar einige der weiblichen Gäste drehten sich nach ihm um. Er wirkte wie ein Magnet. Mit seinem muskulösen Körper, der flotten Lederkleidung und den nach hinten gegelten, dunkelbraunen Haaren hätte er auch ein Model sein können. Mein Model! Er war mein Freund, mit dem ich gleich schlafen würde. Mein Körper und mein Herz verlangten nach Julian, als er so dominant-attraktiv durch die Tischreihen schritt und mir zulächelte. Aber irgendwie hatten die dreieinhalb Wochen wohl doch etwas bewirkt. Er war mir ein wenig fremd geworden. Sein Lächeln wirkte unsicher, sorgenvoll und distanziert. Das würde sich nach einem kurzen Gespräch bestimmt geben.

Ich hatte Mühe, sitzen zu bleiben, bis er zu mir kam und ihm nicht gleich in die Arme zu fallen.

„Hallo Julian. Ich freue mich, dass du mich besuchen kommst", säuselte ich ihn an.

„Wir haben uns längere Zeit nicht gesprochen und gesehen." Julian räusperte sich.

Die Kellnerin stand plötzlich am Tisch und fragte, was er denn trinken wolle. Ihr war offensichtlich das Aufsehen erregende Erscheinen meines attraktiven Freundes auch nicht entgangen. Julian bestellte sich eine Tasse Kaffee. Die junge Kellnerin grinste Julian noch eine Weile an. Ich legte spontan meine Hand auf seine, die er jedoch erschrocken zurückzog. Was war denn los?

Als die Kellnerin endlich gegangen war, räusperte sich Julian wieder. „Wie geht es dir?", fragte er mit einer völlig uninteressierten Stimme.

„Sehr gut. Ich hatte keinen Drehschwindelanfall mehr seit über drei Wochen."

„Gut." Das war alles, was der sonst so sprudelnde Julian herausbrachte.

„Und was machst du so?", bohrte ich nach.

„Deswegen wollte ich mit dir sprechen", begann Julian zögernd. Mein Herz krampfte. Wollte er mir etwa sagen, dass wir uns trennen sollten? Nein, dann wäre er nicht gekommen. Was war dann los? War Julian auch krank? Vielleicht war seine Zwillingsschwester krank?

„Als du dich einfach so in diese Klapse einliefern ließest, war ich sauer und es war mir auch peinlich, dass meine Freundin geistig krank ist, ich meine: war." Ich schüttelte mich. Er hatte seine Vorurteile über solch eine psychiatrische Klinik also noch immer nicht über Bord geworfen. Was wollte er dann hier?

„Dann haben Susan und ich uns auf unsere Gründung unserer Versicherungsagentur gestürzt. Es lief einfach super. Die Räume waren bald angemietet und sogar schon als Büro ausgestattet, weil vorher ein Reisebüro darin gewesen war. Durch meine guten Kontakte meldete sich bald ein großes Unternehmen aus München, das seine Versicherungen und Gruppenversicherungen der Mitarbeiter über unsere Agentur abwickeln lassen wollte. Susan konnte nicht mitfahren, da einer in der Agentur für Kunden ansprechbar bleiben musste. Zudem gab es Berge von Anfragen, Schriftverkehr sowie Telefonaten. Ich stellte über eine Leiharbeiterfirma kurzfristig eine Teilzeitsekretärin ein, die mit mir problemlos nach München flog."

Ich schluckte. Julian spielte darauf an, dass ich wegen meiner Flugangst nicht hätte mitfliegen können. Aber das würde sich auch noch ändern. Ich beabsichtigte, an einer

Flugangstschulung teilzunehmen und ich würde es schaffen, wieder zu fliegen.

„Ich werde in Kürze auch wieder fliegen können", merkte ich daher an.

„Ja, ja gut", winkte Julian ab. Ich war enttäuscht, dass er meine Fortschritte gar nicht zu würdigen bereit war. Seine Finger spielten mit den herumliegenden Bierdeckeln. Er hatte erotische, starke und dennoch feingliedrige Finger, Finger, die zupacken konnten und viel Feingefühl besaßen. Schon bald würde ich sie wieder spüren. Mein Körper kribbelte bereits und hoffte, Julian würde bald mit seinen Ausführungen zum Ende kommen, damit wir in meinem Zimmer verschwinden konnten.

„Die Sekretärin war jung und hübsch. Zudem war sie extrem frech, offen für alles und stark. Sie ließ sich nicht bitten, sie forderte." Julian brach ab.

„Soll das heißen, dass...?", schrie ich auf. Dennoch wusste ich, dass ich ihm auch seine Untreue verzeihen würde. Männer waren halt nicht immer treu und Julian konnte sich verständlicherweise vor Angeboten nicht retten.

Julian unterbrach mich mit einer vorwurfsvollen Stimme. „Lisa war da und du nicht. Sie unterstützt mich, während du dich hier bemitleiden lässt. Ja, wir landeten im Bett und das nicht nur einmal. Lisa hat heute Vormittag Schluss gemacht, als sie erfuhr, dass meine Freundin, oder eher Ex-Freundin, in der Klapse ist und ich mich nicht um sie kümmere. Zudem hatte ich ihr nicht gesagt, dass du noch deine Sachen bei mir hast."

Ich war erschüttert. Sollte ich jetzt etwa diese Lisa anrufen und ihr versichern, dass er sich stets verständnisvoll und fürsorglich um mich gekümmert hatte und wie dankbar ich ihm dafür bin - so dankbar, dass ich die beiden gleich wieder zusammenbringen will?

Julian kramte zehn Euros aus der Hosentasche, legte sie auf den Tisch und sagte: „Ich war jetzt bei dir. Keiner kann sagen, ich hätte dich nicht besucht. Sorge bitte dafür, dass du sehr bald wieder ohne jegliche psychische Störung zu Hause bist, oder suche dir eine eigene Wohnung. Ach ja, und das Restgeld kann die hübsche Kellnerin von vorhin behalten." Mit großen Schritten ging Julian ohne Abschiedsgruß durch die Cafeteria und verschwand womöglich für immer hinter der sich traurig langsam schließenden Glastür.

KAPITEL 18

Ich war erschüttert. Das war es dann wohl mit unserer Beziehung. Ich wurde hektisch. Ich musste handeln. Sollte ich jetzt heute noch nach Hause fahren, um ihn zu halten und die geheilte Tanja vorspielen? Sonst würde ich ihn verlieren. Das hatte er deutlich gesagt. Was sollte ich nur tun? Was war richtig?

Einerseits saß ich auf meinem Stuhl wie gelähmt, andererseits hatte ich das Gefühl, schnell verhindern zu müssen, was ich nicht mehr rückgängig machen könnte, wenn die Zeit verstrichen wäre. So saß ich am Cafeteriatisch, völlig unfähig, mich zu bewegen, da ich mich nicht entscheiden konnte, was ich nun tun sollte. Der allzu vertraute Irrgarten tat sich vor mir auf und ich suchte fieberhaft nach dem Weg nach draußen - in mein Leben.

Während ich noch immer mit meinem inneren Konflikt kämpfte, ob ich meine Therapie für Julian einfach abbrechen sollte oder es nötig war, jetzt doch hier zu bleiben, ging die Glastür der Cafeteria erneut auf. Ich achtete nicht auf die Person, die hereinkam, registrierte jedoch aus den Augenwinkeln, dass ich sie kannte.

„Hallo, Tanja. Ich habe von Schwester Mareike gehört, dass du hier bist." Ich konnte es kaum fassen. Da kam doch tatsächlich André mit einer warmen, freundschaftlich ehrlichen Stimme auf mich zu.

Noch völlig verwirrt antwortete ich: „Was machst du denn hier an einem Samstagabend?" Ich brachte es im Moment einfach nicht fertig, ihn zu umarmen, wie es unter den Patienten üblich war.

„Keine freudige Umarmung? Tanja, du scheinst ja ganz schön durch den Wind zu sein", lachte André. Ich bekam kein Wort heraus. „Als ich hierher lief, bin ich einem Möchtegern-Macho begegnet. Gegelte Haare, Lederkleidung und einen Machogang wie zu John Travoltas Zeiten. Der muss hier wohl seinen Höhenflug auskurieren."

Trotz meines Herzschmerzes musste ich lachen: „Das ist der, besser gesagt „war", mein Freund. Aber ansonsten hast du absolut Recht."

„Jetzt weiß ich wenigstens, warum du hier bist. Der Kerl hält sich für einen begnadeten

Hübschling und verhält sich auch so. Leider glaube ich, dass zu viele Frauen auf diesen Egoisten hereinfallen. Sei froh, dass du den los bist."

„Noch bin ich nicht so weit, André. Ich habe mit ihm einige Jahre zusammengelebt. Er war bereits mit einer anderen Frau zusammen und hat mich jetzt damit unter Druck gesetzt."

André setzte sich an meinen Tisch und ergriff meine Hand. „Er hat dich unter Duck gesetzt? Womit denn?"

„Entweder breche ich die Therapie umgehend ab oder ich muss ausziehen."

André schüttelte den Kopf. „Ist er der Mieter oder Eigentümer eurer Wohnung?"

Ich nickte. „Es ist seine Wohnung. Da er einen extravaganten Geschmack hat, gehört die gesamte Einrichtung auch ihm. Ich hätte mir so teure Möbelstücke nicht leisten können."

„Was macht denn dieser Macho beruflich?", erkundigte sich André. Seine Hand umfasste noch immer meine.

„Er ist Versicherungsvertreter und hat gerade mit seiner Zwillingschwester eine eigene Agentur eröffnet. Mit seiner Aushilfssekretärin kam er dann zusammen, als ich hier war." Das traf kurz und sachlich den Punkt des Schmerzes in meinem Inneren.

„Schönheit verdirbt den Charakter", antwortete André knapp.

Ich musste lachen. „Das heißt doch eigentlich, dass Geld den Charakter verdirbt."

„Bei deinem Ex-Freund trifft wohl beides zu. Wie viele armen Kunden hat er nur Versicherungen aufquatschen müssen, die sie gar nicht brauchten, bis er sich eine Geschäftsgründung finanzieren konnte? Verdient man so gut als Versicherungsvertreter?" Ich hatte nur selten im Leben erlebt, dass jemand meinen Problemen so viel Aufmerksamkeit schenkte.

„Keine Ahnung! Vielleicht hatte seine Zwillingsschwester Ersparnisse", antwortete ich noch immer mehr beeindruckt von Andrés Interesse für mein Leben als an den Geldangelegenheiten meines Ex-Freundes.

„Entschuldigung, wenn ich dich womöglich verunsichere. Ich frage mich nur gerade, ob er möglicherweise Zugriff auch auf dein Konto oder deine Ersparnisse hat." Andrés Stirn legte sich in Falten.

„Zugriff auf mein Konto hat er nicht. Nun ja, ich habe ein Sparbuch mit einer beträchtlichen Summe bei uns zu Hause liegen. Aber er ist zu anständig, um mir das Geld einfach wegzunehmen."

André stand ruckartig auf. „Zu anständig? Dein Ex-Freund? Während du dich wegen Panikattacken in einer Klinik behandeln lässt, sucht er sich eine andere, besucht dich kaum, plant seine Selbstständigkeit und hat nichts Besseres zu tun, als dich unter Druck zu setzen. Nennst du das anständig?"

Die Erkenntnis durchzuckte mich wie ein Blitz. André hatte mal wieder Recht. Aber würde sich Julian nach der langjährigen Beziehung tatsächlich an meinen Ersparnissen vergreifen, um sich seinen Traum zu erfüllen? Es waren etwas mehr als 8.000 EUR auf dem Sparbuch. Ich brauchte das Geld jetzt dringender als je zuvor für den möglichen Umzug. Was wäre, wenn...? Ich wollte den erschreckenden Gedanken nicht zu Ende bringen. Aber nach Julians rücksichtlosem Verhalten in den letzten Wochen und seiner kalten Handlungsweise heute traute ich ihm das durchaus zu.

„Tanja, es tut mir sehr leid, aber du musst der Situation ins Auge sehen. Wer das Sparbuch vorzeigt, bekommt die ganze Knete, die drauf ist. Du hast hoffentlich ein Passwort für die Auszahlung vereinbart?"

Ich schüttelte den Kopf.

„Vielleicht ist es noch nicht zu spät. Du musst jemanden kontaktieren, der dir das Sparbuch aus eurer gemeinsamen Wohnung holt, ohne, dass dein Hübschling es bemerkt und verhindern kann." André wollte mir helfen, aber ich war ratlos.

„Nur noch seine Zwillingsschwester hat Zugang zu unserer Wohnung", überlegte ich.

„Das ist doch gut. Du hast doch ihre Telefonnummer?" André schien zuversichtlich.

„Natürlich, sie war auch ständig bei uns. Aber sie ist Julians geliebte Zwillingsschwester und zudem Mitgründerin der Agentur. Sie wird sich garantiert nicht gegen ihren Zwillingsbruder stellen, um mir zu helfen."

„Das ist durchaus möglich, aber ruf sie doch mal an. Bei Frauen hilft häufig die Mitleidsmasche. Erzähl ihr, wie sehr dich Julian betrogen hat und du jetzt so verzweifelt bist. Wenn sie anspringt, kannst du versuchen, ob sie dir hilft."

„Vielen Dank für deine Hilfe, aber ich denke, da fragen wir die Falsche. Vielleicht bringen wir sie damit erst einmal auf die Idee, mein Sparbuch zu plündern."

André sagte nichts, sondern hielt mir nur mein Handy entgegen. „Dann sag ihr erst einmal nichts vom Sparbuch und warte ab."

Ich merkte, dass ich keine Wahl hatte. Mit einem sehr schweren Herzen und dem Gefühl, das Falsche zu tun, wählte ich ihren Namen in meinem Handy-Telefonbuch aus und drückte auf die Wähltaste. Nach mehrmaligem Klingeln nahm Susan tatsächlich das Gespräch an. „Hallo Tanja?"

„Hallo Susan!"

Doch Susan sprudelte gleich los: „Ich kann mir vorstellen, warum du mich anrufst. Julian ist so ein Mistkerl! Er hat mir heute Morgen alles erzählt. Ich habe erst einmal die Sekretärin entlassen." Susan schien wirklich erschüttert über die Taten ihres Zwillingbruders zu sein. Ich hingegen war äußerst erstaunt über ihren feinen Sinn für Fairness und ihre Anständigkeit.

„Danke, dass du mich verstehst. Er hat mich heute vor die Wahl gestellt: Entweder ich komme sofort nach Hause oder ich muss ausziehen." Ich hatte nie ein besonders inniges Verhältnis zu Susan und daher fiel es mir schwer, mein Herz bei ihr auszuschütten.

„Das hat er mir ebenfalls erzählt. Du wirst doch deine Therapie nicht für solch einen Macho aufgeben?"

„Nein, das werde ich nicht. Ich muss gesund werden!" Eigentlich war ich selbst erstaunt, wohl bereits diese Entscheidung getroffen zu haben.

„Wenn du wieder gesund bist, zeigen wir ihm, wozu Frauenpower im Stande ist. Julian braucht mal einen Dämpfer. In letzter Zeit befindet er sich auf einem Höhenflug, der eurer Beziehung und auch unserer Agentur nur schadet."

Ich wankte. Meinte sie das wirklich ernst? André, der mit dem Ohr an meinem Handy hing und mithören konnte, stupste mich dauernd an. „Frag sie!", flüsterte er mir zu.

„Susan, du könntest jetzt schon etwas für mich tun", begann ich daher zaghaft, aber noch nicht davon überzeugt, das Richtige zu tun.

„Gerne! Was denn?"

„Ich habe noch mein Sparbuch in der rechten Nachttischschublade. Wenn ich umziehen muss, brauche ich das Geld dringend."

„Du befürchtest, mein Brüderchen könnte sich daran vergreifen? Ich besuche ihn heute Abend, da wir noch einen Auftrag besprechen müssen. Ich bringe dein Sparbuch dann in

Sicherheit und du holst es direkt bei mir ab, wenn du wieder gesund bist. Entspricht das deinem Wunsch?" Susan wirkte plötzlich so vertrauenswürdig.

„Sag ja", flüsterte mir André zu.

„Ja, klar Susan. Ich danke dir sehr, dass du mir hilfst", antwortete ich daher.

„Kein Problem. Auch wenn ich Julians Zwillingsschwester bin, so stimme ich bei Weitem nicht allem zu, was er so treibt. Ich wünsche dir noch alles Gute, Tanja. Bis die Tage." Ein Klicken in der Leitung verriet mir, dass sie das Gespräch beendet hatte.

Ich starrte mein Handy an. „Na hoffentlich habe ich das Richtige getan", zweifelte ich noch immer.

„Ein Risiko gibt es immer, Tanja. Doch unter Beachtung dessen, was dein Hübschling dir heute und die letzten Wochen angetan hat, würde ich nahezu jeder anderen Person mehr trauen als ihm." André argumentierte, wie immer, ziemlich überzeugend. Ich nickte.

Auf dem Rückweg in unsere Station erzählte mir André, dass es ihm an diesem Tage zu Hause im Singlehaushalt zu einsam geworden wäre. Zudem lief ein gut bewerteter

Horrorfilm im Kino. Da er wusste, dass ich Horrorfilme liebte, wollte er mich für den kommenden Abend dazu einladen und hatte sogar schon die Sondererlaubnis eingeholt, dass wir ausnahmsweise erst um 23.00 Uhr in die Klinik zurückkämen. André galt als sehr verantwortungsvoll und zuverlässig.

An diesem Abend saß André noch lange bei mir in meinem Zimmer und ich lehnte mich an ihn an. Aufgrund seiner Misshandlungen in der Kindheit hatte ich bisher gedacht, er würde keine Berührungen wollen, aber auch er schien die Nähe zu genießen. Keiner von uns beiden war an diesem Abend alleine und wir diskutierten über Gott, die Welt und das Leben nach dem Tod.

KAPITEL 19

Am übernächsten Abend rief ich Susan wieder an, um sie nach meinem Sparbuch zu fragen. Ich erreichte jedoch nur ihre Mailbox. Vanessa, Heiko und André saßen bei mir in meinem Zimmer und fieberten mit mir mit.

„Hoffentlich räubert Susan jetzt nicht gerade mein Sparbuch!", merkte ich unruhig an.

„Soll sie doch machen. Dann ziehst du bei mir ein!", neckte mich André, der meine Sorgen ahnte.

„Na klar. Die Bettelprinzessin und der Prinz André, der Großzügige. Ich weiß nicht mal, ob ich noch einen Job habe, wenn ich zurückkomme", scherzte auch ich trotz eines schweren Herzens.

„Mein Haushalt ist ein Chaosgebiet. Für jeden Teller, den du wäschst, bekommst du eine Kartoffel von mir." André lachte amüsiert. „Verhungern kannst du bei mir jedenfalls schon nicht mehr."

„Ich und Haushalt - nicht gerade zwei dicke Freunde!", stellte ich klar.

„Da gibt es tatsächlich auch noch viel schönere Tätigkeiten, die eine Frau erledigen kann", warf Heiko ein.

„Du hast wohl schon Entzugserscheinungen, Heiko? Oder liegt es an den vielen bunten Pillchen, die du jeden Abend hier bekommst?", mischte sich nun auch Vanessa ein.

André schwieg. Er lachte nicht, sondern schaute mich nur fragend an. Ich spürte die Wellen, die von ihm ausgingen. André schien tatsächlich mehr als nur Freundschaft für mich zu empfinden. Ich durfte ihm keine Hoffnungen machen, so gerne ich ihn auch mochte. Ich hoffte noch immer, dass Julian und ich eine Chance hätten, wenn ich wieder gesund wäre.

„Lass lieber die Hände vom anderen Geschlecht, Heiko. Sonst brauchst du womöglich noch mehr bunte Pillchen", antwortete ich daher an Heiko gerichtet.

„Eine Beziehung kann erheblich dazu beitragen, gesund zu werden", mischte sich jetzt wieder André ein.

Vanessa schaute mich an. Heiko räusperte sich. André wartete auf meine Erwiderung. Nun war es auch den anderen klar. André erhoffte sich mehr von unserer Freundschaft.

„Der Besuch von Julian war ein Albtraum. Ich habe vorerst von Beziehungen die Schnauze voll."

Anscheinend war meine Abfuhr nicht klar genug, denn Vanessa wandte ein: „Dein Julian scheint ein mieser Kerl zu sein. Es gibt auch andere, die dein Leben durchaus bereichern können."

Ich lachte bitter auf. „Das ist durchaus möglich. Aber wir vier wären nicht alle zufälligerweise ungebunden, wenn die tollen Partner leicht zu finden wären. Oder sehe ich das falsch?"

Keiner stimmte mir zu. „Vielleicht ist dir der Richtige schon über den Weg gelaufen?", antwortete André stattdessen in einem ruhigen Ton.

„Im Moment glaube ich, ihn noch nicht einmal erkennen zu können oder zu wollen, selbst wenn mir ein Plakat mit der Aufschrift. „ICH BIN DER RICHTIGE FÜR DICH!" entgegenhalten würde. Ich habe so viele andere Sorgen, dass ich mich nicht noch mit einer neuen Beziehung beschäftigen will", wiegelte ich ab.

„Warten wir mal ab, was noch so passiert. Wenigstens wird dann das Leben nicht langweilig. Wie wär's mit einer Runde Tischtennis im Gemeinschaftsraum?", versuchte Heiko die Stimmung zu retten. Ich nickte erleichtert, obwohl ich noch immer an meine vermutlich bereits in Julians Versicherungsagentur steckenden Ersparnisse denken musste.

KAPITEL 20

Am nächsten Abend rief Susan mich an.

„Entschuldigung Tanja, dass ich gestern nicht ans Telefon gegangen bin. Julian hatte sich tatsächlich etwas Geld von deinem Sparbuch „geliehen" und das wollte ich erst wieder in Ordnung bringen. Es ist jetzt alles wieder drauf, was du gespart hattest. Du kannst dein Sparbuch jederzeit bei mir abholen." Ich war Susan unendlich dankbar.

So eng die Freundschaft zwischen Heiko, André, Vanessa und mir auch war, jeder von uns musste eines Tages diese Klinik verlassen und in die herausfordernde Welt zurück. Als Erstes traf es Vanessa. Sie war bereits fünf Monate in Behandlung und ihre gefürchtete Hauptprüfung stand ihr bevor. Sie wollte eine Spinne über ihre Hand laufen lassen, um endgültig die Spinnenphobie bekämpft zu wissen. Da meine und Andrés „Panik"- Therapiestunden wegen Krankheit des Psychotherapeuten ausfiel, bat uns Vanessa, während dieser Spinnen-Konfrontations- Prüfung bei ihr zu bleiben.

Ich ekelte mich auch vor Spinnen, konnte mich aber durchaus in deren Nähe aufhalten. Also begleiteten wir sie. André und ich setzten uns auf zwei abseits stehende Stühle, während Vanessa mit aufgerissenen Augen die Spinne anstarrte, die der Therapeut langsam aus dem Einwegglas auf seinen Schreibtisch schüttelte.

„Eine Spinne lief schon über meinen Rücken. Eine andere habe ich eine halbe Stunde aus nächster Nähe beobachtet. Eine weitere Spinne lief die Wand entlang, während ich die Hand in ihrer unmittelbaren Nähe anlehnte. Aber das hier ist hart", plapperte Vanessa dauernd vor sich hin, um sich selbst Mut zu machen.

Während die Spinne nun über den Schreibtisch des Therapeuten krabbelte, versuchte dieser, sie mit Blättern ganz vorsichtig daran zu hindern, ganz zu verschwinden. Mir tat die Spinne leid und andererseits schüttelte es auch mich. Ich ekelte mich vor den langen Beinen. Sie waren lang, haarig und entsetzlich dünn. Es kribbelte bereits an vielen Stellen meines Körpers, während ich die Spinne teils fasziniert und teils angeekelt beobachtete. Ich bedauerte Vanessa zutiefst.

Vanessa ging nahe an den Schreibtisch heran.

„Legen Sie die Hand auf den Schreibtisch, damit die Spinne über Ihre Hand laufen kann", schlug der Psychotherapeut vor.

Vanessa zitterte. „Was genau spürt man denn, wenn sie über die Hand läuft?", fragte sie ängstlich.

„Man wird bestimmt nicht allzu viel spüren. Aber genau weiß ich das auch nicht", antwortete der Psychotherapeut. „Aber ich weiß, dass Sie das schaffen. Dann können Sie nach Hause gehen und keine Spinne wird Sie mehr behindern können. Aber erst entlassen wir dieses süße Tierchen zuvor wieder in die Freiheit." Der Psychotherapeut deutete auf das schwarze, krabbelnde Etwas auf seinem Schreibtisch.

Vanessa rührte sich nicht.

Voller Schrecken hörte ich mich sagen: „Vanessa, soll ich es erst einmal probieren? Ich kann dir dann sagen, wie es sich anfühlt."

„Das würdest du für mich tun? Hast du kein Problem mit Spinnen?", fragte sie mit zitternder Stimme. Ich konnte nicht mit ansehen, wie die starke, herzensgute Vanessa so sehr mit ihrer größten Angst kämpfte.

„Ich ekel mich auch vor Spinnen. Aber wir werden uns doch nicht von einem so kleinen, harmlosen Tierchen klein kriegen lassen, oder?"

Vanessa hatte zu sehr mit sich selbst zu kämpfen, als dass sie antworten konnte.

„So, Vanessa. Ich lege jetzt die Hand auf den Schreibtisch und lasse die Spinne drüberlaufen. Und dann legst du deine Hand daneben. Haben wir einen Deal?"

Vanessa nickte. Sie wollte es schaffen. Ich bewunderte sie dafür!

Ich sah die langen, beharrten Beine, den dicken schwarzen Körper und dachte an all meine Konfrontationstherapien, die mir letztlich immer ein wunderbares Wohlgefühl beschert hatten, wenn ich sie erfolgreich hinter mich gebracht hatte. Ich ging auf den Schreibtisch zu und legte meine Hand ruhig neben die Spinne, die vor Schreck erstarrte.

„Du warst bestimmt in deinem letzten Leben ein ganz niedlicher Hamster. Komm, krabble über meine und nachher über Vanessas Hand und du bist wieder frei", sprach ich mit diesem langbeinigen, kleinen Ungeheuer. Die Spinne setzte sich in Bewegung und lief wie auf Kommando über meine rechte Hand. Man spürte sie kaum. Es fühlte sich wie ein Luftzug an. Nur das leichte Aufsetzen des Hinterkörpers war deutlicher zu bemerken. Ich teilte dies Vanessa mit.

Vanessa sah mich an und legte tapfer ihre rechte Hand neben meine. Begrenzt durch die vom Psychotherapeuten errichteten Barrieren lief die Spinne schnell zurück - erst über Vanessas und dann wieder über meine Hand.

Ich wusste, dass dies die Endprüfung von Vanessa war und ich eine wertvolle, so sehr lieb gewonnene Freundin in den nächsten Tagen verlieren würde. Aber ich freute mich auch so sehr für sie.

Vanessa fing die Spinne nun vorsichtig selbst in dem großen Glas ein und schenkte ihr draußen die Freiheit. Das kleine Tierchen krabbelte erleichtert weg und ich ahnte, dass die Spinne soeben eine noch viel schwierigere Konfrontationstherapie als Vanessa und ich hinter sich gebracht hatte.

„Was bin ich stolz auf meine Freunde", entfuhr es André und er umarmte erst mich und dann Vanessa.

Eigentlich hätte die Spinne auch ein dickes Lob verdient. Sie war jedoch schon im nächsten Gebüsch verschwunden und feierte hoffentlich bereits ihre frisch gewonnene Freiheit mit einer saftigen Fliege, die sich wünschte, im nächsten Leben als Spinne zur Welt zu kommen.

KAPITEL 21

Als Nächstes wurde auch André und dann Heiko entlassen. Ich blieb alleine zurück und fühlte mich plötzlich auch in der Klinik einsam, obwohl noch andere nette Patienten dort waren. Mein Drehschwindel war seit meinem Eingangsgespräch mit Frau Dr. Rieger nicht mehr aufgetreten.

Um nun vor meiner leider früher oder später bevorstehenden Entlassung meine privaten und beruflichen Angelegenheiten zu regeln, bat ich um die Hilfe des klinikeigenen Sozialarbeiters, Herr Tobias Groschnik.

Als ich ihn zum ersten Mal nach Vereinbarung eines Termins besuchte, erschien er mir zu sanft, um mir tatkräftig bei der Wohnungssuche und meinen Bewerbungen zu helfen. Doch da hatte ich mich geirrt. Obwohl er sehr ruhig war, mir gleich das „Du" anbot und meinte, mich, nicht so gänzlich unberechtigt, dauernd beruhigen zu müssen, konnte Tobias auf seine eigene Art erhebliche Kraft freisetzen.

„So Tanja, wie du mir sagtest, möchtest du weiterhin an dem Ort wohnen, in dem du mit deinem Exfreund gelebt hast. Ich werde am morgigen Mittwoch und am Samstag örtliche Zeitungen mit Mietangeboten am Patientenempfang für dich hinterlegen lassen. Nächsten Dienstag treffen wir uns wieder und du zeigst mir, welche Wohnung dir am meisten zusagen würde. Entweder rufen wir dann sofort den Vermieter an und vereinbaren einen Besichtigungstermin oder wir schauen im Internet nach weiteren Mietangeboten."

Ich nickte teils erfreut, dass es so schnell zur Sache ging, teils ein wenig überrollt über seine Geschwindigkeit der Planung.

„Da du dich hier vermutlich nur langweilst, Tanja, kannst du dir auch gleich die Stellenanzeigen im Internet anschauen. Ich reserviere für den Samstag, sagen wir mal 15:00 Uhr, einen Termin für dich im örtlichen Patientencomputerraum, denn mit der Kapazität deines Internethandys wirst du bei solch einer Suche nicht weit kommen. Im Computerraum wirst du einen im Internet eingeloggten Computer vorfinden, der mit einem Drucker verbunden ist. Ich gehe davon aus, dass du weißt, wie und vor allem wo man im Internet nach Stellenanzeigen sucht?"

Ich nickte.

„Gut, dann drucke dir mal ein paar Stellenangebote aus, die für dich passend sind. Nächsten Dienstag plane ich eine Doppelgesprächsstunde ein und wir fahren dann noch zum örtlichen Fotografen und zum Büroartikelgeschäft. Dann kannst du auch mit deinen Bewerbungen loslegen."

Ich nickte. „Du bist ein sehr tatkräftiger Organisator!", bewunderte ich ihn.

„Worauf willst du denn noch warten, Tanja? Nimm dein Leben in die Hand und gestalte es nach deinen höchstpersönlichen Wünschen", lachte Tobias. Sein Lachen war sehr warm und seine Augen leuchteten in einem herrlich braunen Farbton.

„Hier hast du noch meine Handynummer für den Notfall oder für Rückfragen. Solltest du mal kurzfristig einen wichtigen Termin bekommen, melde dich bei mir. Ich fahre dich gerne dorthin."

„Das wird nicht nötig sein, ich habe mein Auto..." wollte ich seine Hilfe schon ablehnen, da schaltete sich Tobias ein.

„Tanja, du solltest doch hier gelernt haben, dass man Unterstützung nicht ablehnen, sondern für den Aufbau seines Wunschlebens dankbar nutzen sollte, sofern es nicht in eine

Ausnutzung ausartet. Wenn ich dir Hilfe anbiete, kannst und solltest du sie auch annehmen."

„Da habe ich doch noch so einiges zu lernen", lachte ich fröhlich auf und begann so langsam, mich auf mein neues Leben außerhalb dieser klinischen Glasglocke zu freuen.

Mit meinen neuen Aufgaben raste die Zeit in der Klinik noch mehr. Zwei Wohnungen entsprachen der Größe, Lage und der Miethöhe, die ich mir gewünscht hatte. Ich verabredete einen Besichtigungstermin, zu dem mich Tobias zwei Tage später fahren würde. Am Abend des zweiten Wohnungsbesichtigungstages hatte ich einen der Mietverträge zum nächsten Quartalsanfang bei einer renommierten Wohnungsgesellschaft für eine 39 Quadratmeter große Wohnung unterschrieben, durfte jedoch schon ab sofort in die Wohnung. So hatte ich fast einen Monat Zeit, um sie einzurichten. Der Boden war erfreulicherweise mit dunklem Pegulan ausgelegt und die Wände bereits vom Vormieter weiß überstrichen. Eine Woche später hatte Tobias schon ein

Gebrauchtmöbelgeschäft im Internet ausfindig gemacht, die die Möbel sogar anlieferten.

Mein Sparbuch würde es mir erlauben, mein neues Heim mit den nötigsten Möbeln und Geräten einzurichten. Susan, die versuchte, die Fehler ihres Zwillingsbruders auszugleichen, brachte mir mein Sparbuch, meine Kleidung und die wenigen Gegenstände, die mir in Julians Wohnung gehört hatten, zu meiner noch nicht eingerichteten Wohnung. Julian hingegen meldete sich bei mir nicht mehr.

Ein paar Tage später fuhr mich Tobias dann zum Gebrauchtmöbelgeschäft, das tatsächlich ein umfangreiches Angebot von fantastisch erhaltenen Möbeln und Küchengeräte sowie auch unbenutzten Matratzen hatte. Ein Bett, eine Matratze, ein Esstisch mit vier Stühlen, ein Herd, eine Waschmaschine und ein leichter Wohnzimmerschrank genügten mir für den Anfang. Doch Tobias fand noch einen herrlichen orientalischen Kunstteppich, von dem ich auf Anhieb begeistert war. Er schenkte ihn mir zwinkernd mit dem Vermerk: „Für einen bequemen, soliden Untergrund für dein neues Leben." Spontan umarmte ich Tobias, der mich fest an sich drückte. Er hatte mich mit seiner Tatkraft und seinem

Organisationstalent unterstützt, mir mein eigenes Reich in meinem eigenen Leben aufzubauen. Mir war längst bewusst, dass Tobias mich nur zu allen Terminen und Einkäufen fuhr, obwohl ich ein eigenes Auto hatte, um mich an der Stange zu halten und zu motivieren. Alleine hätte ich den Umzug und die Einrichtung als eine nahezu untragbare Last empfunden. Tobias zeigte mir, wie leicht und fast von selbst die Realisierung meiner Träume funktionieren konnte, wenn man sich nicht abschrecken ließ, sondern es einfach mit überlegter Planung anging. Manchmal fragte ich mich, ob diese Erkenntnis nicht das Wichtigste war, was ich in der Klinik gelernt und vor allem auch verstanden hatte.

Es kam mir vor, als hätte ich endlich meinen Weg gefunden, der mich nie wieder in den Irrgarten zurückführen würde. Mein Leben lief plötzlich wie ein Zug auf Schienen. Ich hatte mich für ein Ziel und den entsprechenden Zug entschieden und nun musste ich einfach nur mitfahren und durfte keineswegs die Notfallbremse des Zuges betätigen.

KAPITEL 22

Mit dieser positiven Einstellung machte mir auch die Suche nach einer neuen Stelle Spaß. Es gab so viele interessante Stellen, für die ich mich bewerben wollte. Ich entdeckte meine frühere Begeisterung für eine Tätigkeit im Rechnungswesen und der Kostenrechnung wieder neu und hätte mir am liebsten schon wieder ein paar Bücher über dieses Wissensgebiet bestellt, um mich auf den neuesten spannenden Wissensstand zu bringen. Voll neuem Selbstbewusstsein und einer positiven Grundeinstellung erschien ich bei meinem ersten Vorstellungsgespräch als Konzernbuchhalterin in einem großen international tätigen Unternehmen. Ich verschwieg meinen Aufenthalt in der psychiatrischen Klinik, was kein Problem darstellte, da ich noch in meiner vorherigen Arbeitsstelle, die jedoch nur noch die Krankschreibungen von mir erhielt, beschäftigt war. Dieser Aufenthalt in der Ruhe, Selbstbesinnung und dem Selbstfindungsprozess in der Klinik hatte mir sehr viel Kraft, eine neue Gesundheit und erneuten Spaß am Leben sowie meinem Beruf gebracht. Ich bedauerte, diese Entwicklung, von der mein neuer Arbeitgeber auch erheblich profitieren würde, nicht ansprechen zu können. Mir war jedoch klar, dass ich das Recht hatte, diese Krankheit zu verschweigen, was ich auch vernünftigerweise wahrnehmen sollte. Ich strahlte aber dennoch offensichtlich so viel Zuversicht und Stärke aus, dass mir diese von mir favorisierte Stelle als Konzernbuchhalterin auch tatsächlich angeboten wurde. Ich würde bereits in einem guten Monat dort beginnen und ich freute mich schon sehr darauf, wieder als Buchhalterin arbeiten zu dürfen.

KAPITEL 23

Als Tobias mich in die Klinik zurückgefahren hatte, vermisste ich meine Freunde noch mehr. Ich erzählte den anderen Patienten von meinem Erfolg, die mir auch ehrlich und herzlich dazu gratulierten. Dennoch hätte ich diese begeisternden Nachrichten gerne André, Vanessa und Heiko mitgeteilt. Vielleicht könnte ich sie anrufen oder ihnen eine SMS schicken? Unsere Handynummern hatten wir noch ausgetauscht.

Ich saß in meinem Klinikzimmer auf dem Bett und wählte zuerst Andrés Handynummer. Doch dann drückte ich die Nummer weg, bevor sie vollständig gewählt worden war. André konnte ich nicht anrufen. Er hatte mit mir eine Liebesbeziehung führen wollen und ich hatte ihn vor den anderen klar zurückgewiesen. Er war ein so guter Freund gewesen und ich hätte mich glücklich schätzen müssen, ihn zu bekommen. Dennoch hing ich noch zu sehr an Julian und die Beziehung würde unter diesen Bedingungen wieder genau das sein, was ich zukünftig versuchen wollte, zu vermeiden: ein Kompromiss, der nicht meinen Wünschen entsprach. Das hätte André nicht gewollt und noch viel weniger verdient. Ihn jetzt anzurufen, wenn ich ihn bräuchte, wäre egoistisch und ausnutzend.

Also wählte ich langsam Heikos Nummer. Der Ruf ging durch, aber er nahm ihn nicht an. Hoffentlich ging es Heiko gut. Er litt unter Depressionen. Vielleicht hätte ich mich viel früher und intensiver um ihn kümmern sollen. Ein schlechtes Gewissen stieg in mir hoch. Doch sofort schaltete ich meinen Verstand ein. Ich konnte nicht wissen, wie es ihm geht und es war für mich sehr wichtig, mein eigenes Leben jetzt schnellstens zu organisieren. Ich werde versuchen, ihn in den nächsten Tagen zu erreichen. Zudem wusste ich noch nicht mal, ob er nicht nur zu beschäftigt war, um zu telefonieren.

Meine Freundin Vanessa erreichte ich jedoch sofort. Sie hatte wenig Zeit. Ich hatte sie während ihrer Schicht als Krankenschwester angerufen. Dennoch hörte sie sich meine freudige Nachricht gerne an und jubelte auch begeistert los. Was für eine tolle Freundin!

Danach stand meine seit Langem am meisten befürchtete Bewährungsprobe an: die telefonische Bitte an meinen derzeitigen Nocharbeitgeber, dass er mich innerhalb eines Monats aus dem laufenden Arbeitsvertrag entlässt. Die Kündigungszeit betrug bei meiner Betriebszugehörigkeit von nahezu sechs Jahren bereits zwei Monate zum Monatsende. Ich wollte jedoch keineswegs in diese Firma zurück und hatte bereits mutig einen anderen Arbeitsvertrag unterschrieben. Irgendwie musste ich aus dem „alten" Arbeitsvertrag herauskommen, und wenn ich es notfalls mit Hilfe eines Rechtsanwaltes erstreiten müsste. Ich wusste inzwischen, dass man für die Erreichung seiner Wünsche auch zu kämpfen bereit sein sollte.

Langsam wählte ich die Nummer meines Nochchefs Herrn Machner.

Es läutete drei Mal bedrohlich schrill durch, dann nahm jemand ab. „Machner, was kann ich für Sie tun?", meldete sich mein Chef mit einer freundlichen Stimme, die er bisher in Gesprächen mit mir irgendwo zu vergessen haben schien.

„Frau Brauner ist hier. Guten Tag, Herr Machner." Auch ich sprach plötzlich wieder leise und in einer bedrückten Stimme.

„Es ist schön, dass Sie sich auch mal wieder melden. Offensichtlich wissen Sie doch noch, wie man ein Telefon bedient."

„Wenn ich es möchte, kann ich vieles", konterte ich und besann mich dann darauf, dass ich etwas von ihm erbitten wollte. „Herr Machner, ich wollte Ihnen eigentlich mitteilen, dass ich wieder gesund..." Doch mein Nochchef ließ mich nicht ausreden.

„Sie glauben doch nicht wirklich, dass Sie noch einmal Ihre verantwortungsvolle Stelle als Buchhaltungsleiterin hier erhalten werden. Das war Ihre einmalige Chance in unserem Unternehmen, zu beweisen, dass Sie etwas von Buchhaltung verstehen. Offensichtlich haben wir Sie überschätzt und überfordert." Herr Machner holte tief Luft.

„Ich will auch gar nicht...", wollte ich endlich mein Anliegen hervorbringen, doch da fuhr Herr Machner mit seiner männlich dominanten Stimme fort: „Das glaube ich Ihnen gerne, Frau Brauner. Sie sind, nun ja sagen wir mal: nicht mehr ganz normal einzusetzen. Aber wir sind keine Unmenschen und kündigen keiner behinderten

Mitarbeiterin, die keine andere Stelle mehr finden kann. Sie können als weitere Schreibbüroangestellte in unserem Unternehmen arbeiten. Allerdings müssen wir dann auch Ihr Gehalt Ihrer neuen Tätigkeit anpassen."

Ich schluckte. Dieser Mann und vermutlich auch einige der anderen Mitarbeiter hielten mich jetzt wohl für geistig behindert, ohne überhaupt zu wissen, woran ich genau erkrankt war. Da ich jedoch ein Entgegenkommen von ihm erbitten wollte, durfte ich nicht unhöflich reagieren. „Herr Machner, ich bedanke mich für Ihr Angebot, weiter in Ihrem Unternehmen tätig sein zu dürfen. Zu Ihrer und meiner Erleichterung darf ich Ihnen jedoch mitteilen, dass ich bereits ein anderes Stellenangebot habe. Daher bitte ich Sie, mich so schnell wie möglich aus dem bestehenden Arbeitsvertrag zu entlassen. Gerne stimme ich auch einem sofortigen Auflösungsvertrag zu." Ich war sachlich und formell und es verschlug Herrn Machner tatsächlich die Sprache. Er räusperte sich.

„Ihnen wurde tatsächlich eine andere Arbeitsstelle angeboten? Von welcher Firma und welche Position?"

„Herr Machner, ich bin nicht geistig behindert, sondern ich war nur vorübergehend psychisch überlastet. Ich werde weiterhin im Rechnungswesen als Buchhalterin arbeiten und auch nach wie vor eine sehr gute Leistung dort erbringen. Sie scheinen meiner Arbeitsleistung nicht mehr zu vertrauen und das wäre bei der Fortsetzung des Arbeitsverhältnisses für uns beide keine zufrieden stellende Situation. Daher bitte ich Sie noch einmal, mich möglichst mit einem Auflösungsvertrag sofort gehen zu lassen." Ich war stolz auf mich. Ich hatte meine Nerven und mein Selbstbewusstsein wiedergefunden.

„Ja, das stimmt schon, was Sie da sagen. Aber ich..." Nun stotterte zu meiner großen Freude mein Nochchef.

„Ich verstehe, dass Sie das erst einmal mit der Personalabteilung abklären müssen. Leider haben Sie hinsichtlich der Einstellung und Kündigung von Mitarbeitern keine Bevollmächtigung. Wäre es Ihnen lieber, wenn ich direkt mit dem zuständigen Abteilungsleiter in der Personalabteilung sprechen würde, oder soll ich Sie nochmal später anrufen?"

„Da sind sie wohl falsch informiert", polterte Herr Machner los. Ich hatte mein Ziel erreicht.

Er hatte mein klares Anzweifeln seiner Befugnisse verstanden und hoffentlich würde er jetzt versuchen, dies zu widerlegen und mich, die seine Stelle zu herabzusetzen versuchte, schnellstens versuchen, los zu werden.

„Frau Brauner, ich kann und darf selbst entscheiden, was mit meinen Untergebenen geschieht. Da ich Ihrer Leistungsfähigkeit tatsächlich nicht mehr traue, stimme ich der sofortigen Auflösung des Arbeitsvertrages zu. Ich hoffe nur, Sie wissen, was Sie tun."

„Vielen Dank, Herr Machner. Können Sie mir bitte die sofortige Auflösung noch kurz per E-Mail bestätigen, oder ist dafür dann doch die Personalabteilung zuständig?", bohrte ich nochmal nach.

„Ich werde Ihnen sofort die Auflösung des Vertrages mit heutiger Wirkung an Ihre private E-Mail schicken. Könnten Sie mir Ihre E-Mail-Adresse nochmal kurz nennen?"

Ich nannte Sie ihm und er warf danach den Hörer ohne eine wenigstens höfliche Verabschiedung auf. Allerdings war mir die Bestätigung per E-Mail wichtiger als ein falsches „Alles Gute!". Sie erschien wie versprochen ein paar Minuten später in meinem E-Mail-Postfach, was ich mit meinem Internethandy sofort überprüfen konnte.

Ich ließ mich rücklings in mein Bett fallen. Neben unendlicher Erleichterung machte sich auch Schrecken breit. Nun war ich selbst Opfer von falschen Vorurteilen geworden. Ein Bandscheibenvorfall eines Mitarbeiters aufgrund der vielen Überstunden sitzend auf dem Bürostuhl wurde mitfühlend verstanden, eine psychische Überforderung nicht. Ein Bandscheibenvorfall galt in der Meinung der meisten Leute als behandelbar, eine psychisch vorübergehende Erkrankung offensichtlich nicht. Ich setzte mich wieder hoch. Ich fühlte mich dennoch nicht als Opfer, sondern als jemand, der diese behindernden Ketten abzuwerfen gedachte, und seinem Leben zukünftig mit aller Kraft, aber auch mit vernünftigen Grenzen anpacken würde.

KAPITEL 24

Drei Wochen vor meinem offiziellen Entlassungstermin wollte ich das erste Wochenende in meinem neuen, mit dem Nötigsten eingerichteten, gemütlichen Heim verbringen. Nachdem ich meinen Koffer geöffnet und die Kleidung in meinem eigenen Kleiderschrank aufgehangen hatte, ließ ich mich auf mein eigenes neues Bett fallen. Es war herrlich, ein eigenes Zuhause zu haben, wo es keinen Ärger gab.

Die Türglocke schellte. Wer besuchte mich denn schon, nachdem ich erst vor einer halben Stunde zu Hause angekommen war? Ich öffnete und ein riesiger, bunter Blumenstrauß versperrte vollständig die Sicht auf meinen ersten Besucher.

„Was für schöne Blumen", sprach ich die Pflanzen an. „Aber wer versteckt sich dahinter?"

„Ich!", sagte eine Stimme, die ich gut kannte. Sie gehörte zu einem Menschen, den ich früher nicht mochte, der mir aber unerwarteterweise sehr viel geholfen hatte.

„Susan! Du bist mein erster Besucher hier. Ich freue mich! Komm doch rein!"

„Tanja, ich hatte immer gehofft, du würdest mal meine Schwägerin werden. Für einen weiteren Schwätzer wie Julian und ich, wäre in unserer Familie keinen Platz. Julian hat inzwischen seinen Fehler auch eingesehen."

Ich erstarrte. Was wollte Susan mir damit andeuten?

Erst einmal bot ich ihr jedoch einen Kaffee an und ließ sie auf meiner kleinen Couch Platz nehmen.

„Susan, was meinst du eigentlich damit, dass Julian seinen Fehler eingesehen hat?", bohrte ich dann nach.

„Ist doch klar. Julian will dich wiederhaben. Er jammert mir jeden Tag die Ohren voll, wie sehr er dich vermisst. Könntest du ihm verzeihen?"

„Susan, das ist nicht so einfach. In drei Wochen werde ich entlassen. Meine Stelle als Leiterin der Buchhaltung habe ich gekündigt und beginne als „einfache" Konzernbuchhalterin in einem großen Unternehmen. Ich erfülle damit keine von Julians hohen Anforderungen mehr."

„Du hast deine Stelle gekündigt, obwohl du noch krankgeschrieben warst?" in Susans

Stimme schwangen Ungläubigkeit und Achtung mit.

„Ja, der Sozialarbeiter der Klinik hat mir die Zeitungen und den Zugang zum Internet beschafft. Ich bin eine begeisterte Buchhalterin, will aber nicht mein Berufsleben damit vergeuden, Leute zu führen. Daran habe ich persönlich keinen Spaß. Natürlich habe ich erst gekündigt, nachdem ich schon einen anderen Arbeitsvertrag hatte."

„Du bist ganz schön selbstsicher geworden und zudem ein Organisationstalent. Während du noch in der Klinik bist, bekommst du eine neue Arbeitsstelle, kündigst deine alte und richtest dir deine eigene Wohnung so gemütlich ein", staunte Susan.

„Meinst du, Julian käme mit solch einer Frau klar? Eine Frau, die genau weiß, was sie will und vor allem, was sie nicht mehr will." Noch immer kribbelte es in mir, wenn ich an diesen attraktiven Mann, meinen Ex-Freund, dachte. Aber ich wusste inzwischen auch, dass er mir nicht guttat.

„Ich werde ihn demnächst mal damit konfrontieren. Aber mach dir keine Hoffnungen. Er will dich unbedingt zurück und wird sich durch solche „Drohungen" nicht aufhalten lassen." Susan lachte halb verzweifelt, halb amüsiert.

Ich dagegen stöhnte auf. Kaum war ich für ein paar Stunden der Glasglocke entflohen, da stürmten wieder die Probleme auf mich ein. Susan blieb noch ein Weilchen und wir unterhielten uns über die Klinik, ihre Agentur und ihren neuen Freund. Sie erzählte mir sogar, dass sie so langsam an eine Familiengründung dachte. Nicht ohne Schadenfreude dachte ich dabei an Julian. Er hatte mich verloren und würde auch seine geliebte Zwillingsschwester ein Stück weit loslassen müssen.

Der Abend mit Susan in meiner eigenen Wohnung nahm mir völlig die anfängliche Angst, außerhalb der Klinik wieder einen Drehschwindelanfall erleiden zu müssen. Aber selbst wenn sich „Torporas" zurückgemeldet hätte, wäre ich diesmal damit zurechtgekommen. Darauf vertraute ich fest und „Torporas" blieb fern. Der Dämon der Angst hatte seinen Schrecken verloren und ich machte ihm dann einfach keinen Spaß mehr.

Spät am Abend fuhr Susan nach Hause. Meine spärlich eingerichtete Wohnung sah noch keine Übernachtungsmöglichkeit für einen Gast vor, sonst hätte ich ihr nur zu gerne angeboten, noch länger zu bleiben. Inzwischen konnte ich nachempfinden, warum Julian seine Zwillingsschwester so liebte. Sie redete zwar wie ein Wasserfall und konnte daher nicht viel darüber nachdenken, was sie herausposaunte, aber sie war auch ein gerechtigkeitsliebender und toleranter Mensch. Sie hätte perfekt in unsere ehemalige Vierergruppe in der Klinik gepasst.

Eins verstand ich jedoch langsam nicht mehr: warum ich noch so sehr an Julian hing. Er hatte mich heruntergeputzt, mich in Paniksituationen im Stich gelassen, mich betrogen und bestohlen. Nun wollte er mich offensichtlich wieder als seine Freundin zurück und das Schlimmste daran war, es ließ mich nicht kalt. Ich dachte doch tatsächlich darüber nach, ob Julian und ich noch eine Chance als Liebespärchen verdient hätten. Ich konnte es kaum selbst fassen, dass ich noch immer über eine Beziehung nachdachte, aber meine Gedanken verselbstständigten sich permanent gegen meinen ausdrücklichen Willen. Mein gesunder Menschenverstand war sich absolut im Klaren darüber, dass Julian und ich wie ein Leguan und ein Mehlwurm waren, wobei ich natürlich der Mehlwurm wäre. Ich würde mich so lange durch seinen Essensnapf winden und mich nicht trauen, ihn zu verlassen, mich in den vielleicht noch gefährlicheren Sandboden begeben, bis mich der Leguan letztlich doch gefressen hätte. Keiner von uns konnte etwas dafür, wir hatten nur extrem unterschiedliche Naturelle.

KAPITEL 25

Am nächsten Tag gönnte ich mir ganz bewusst, erst um 11:00 Uhr aufzustehen. Ich musste schon am frühen Nachmittag wieder in die Klinik zurückfahren, aber bis dahin gehörten mein Leben und mein kleines, eigenes Heim nur noch mir. Ich war nicht mehr gezwungen, mich durch den Tagesrhythmus meines Freundes zu quälen, damit er mich achtete und liebte.

Während ich mir, vor mich hingrübelnd, Kaffee aufbrühte und einen Jogurt aus dem Kühlschrank holte, klingelte meine Wohnungstürschelle. Es war ein ungewohntes tiefes „Tuuuut"-Geräusch, an das ich mich gewöhnten musste. Ich war noch nicht gekämmt und hatte noch meinen nächtlichen Jogginganzug an. Vermutlich war es nur ein Nachbar, der mich über den Putzplan aufklären oder sich vorstellen wollte.

Ich schaute noch nicht mal vorsichtig durch den Türspion, sondern schloss gleich noch in meinen Gedanken verloren meine Wohnungstür auf. Schon wieder wurde mir ein Blumenstrauß vor die Nase gehalten. Diesmal enthielt er ausschließlich dunkelrote Rosen. Am liebsten hätte ich die Tür gleich wieder geschlossen, denn dunkelrote Rosen waren traditionsgemäß nicht nur ein Willkommensgruß, sondern auch mit einer Erwartung verbunden. Allerdings wollte ich zumindest wissen, wer mir solch eine Liebeserklärung entgegenhielt.

„Das ist schon der zweite Strauß Blumen an diesem Wochenende", sagte ich daher kaum erfreut und zudem wenig höflich. Dennoch nahm ich ihn neugierig entgegen, um endlich den Überbringer identifizieren zu können. Als ich den Mann hinter dem riesigen Blumenstrauß endlich sehen konnte, fiel mir fast der Strauß aus der Hand. Es war Julian!

„Was willst du denn hier, Julian?", entfuhr es mir. Leichte Freude mischte sich mit der befürchteten Vorahnung eines Wirbelsturms, der mein inzwischen mühsam geordnetes Leben durcheinanderzubringen drohte.

„Ich will mich für alles entschuldigen, was ich dir angetan habe. Zudem möchte ich dich zu mir zurückholen, ehe du dich hier gemütlich eingerichtet und eingewöhnt hast", Julian trat unruhig von einem Bein aufs andere. Er hatte wieder seine Lederkleidung an, die ich so sehr an ihm liebte. Er war so wahnsinnig attraktiv. Ich stöhnte bedauernd auf. Leider war er jedoch ebenso egoistisch und das hatte sich gewiss in den paar Wochen nicht geändert.

Langsam antwortete ich daher: „Wenn es dir dann besser geht, nehme ich deine Entschuldigung an. Aber mehr bekommst du von mir nicht." Ich hatte so viele Tränen wegen ihm geweint, dass es selbst mir langsam reichte. Leider spielte mein Körper nicht ganz mit. Er verlangte weiterhin nach ihm.

„Darf ich erst einmal hereinkommen?", fragte Julian leise.

Ich schluckte und dachte an den schönen gestrigen Abend mit seiner Zwillingsschwester. Das Gefühl kroch in mir hoch, dass ich es Susan zumindest schuldig war, ihren Bruder anzuhören. „Ich habe bis gerade eben geschlafen. Wenn dich das und mein verschlafenes Outfit nicht stört, kannst du hereinkommen."

„Nein, ganz und gar nicht. Du siehst auch so ganz toll aus." Julian wollte offensichtlich sämtliche Register ziehen, mich mit Komplimenten überschütten und mich damit an den Mann, also zu ihm zurück, bringen. Als höchst erfolgreicher Versicherungsvertreter wusste er ganz genau, wie man sein Ziel am besten erreichte.

„Willst du einen Kaffee?", erwiderte ich nur.

„Ja, danke!" Julians Unterton, der deutlich zu hören war, kannte ich. Er war offensichtlich nicht nur hier, um zu reden. Julian wollte gleich das komplette Versöhnungsprogramm durchziehen.

„Danach muss ich mich duschen und anziehen. In drei Stunden bin ich schon wieder auf dem Weg in die „Klapse", wie du die Klinik nennst", versuchte ich ihn abzuschrecken.

„In drei Stunden kann viel passieren." Hatte ich mich verhört oder säuselte Julian bereits?

„Ich kann dir noch Eiswürfel für die unteren Regionen deines Körpers anbieten." Meine Stimme war kalt.

„Wenn du dich wehrst, macht es noch mehr Spaß." So, nun hatte er sich ganz klar ausgedrückt. Er kannte meine Vorlieben im Bett und wollte mich damit zurückerobern. Bevor ich jedoch antworten konnte, drückte er mich an sich. Ich wehrte mich und merkte, wie ihn das erst recht in Stimmung brachte.

„Willst du mich etwa auch noch vergewaltigen?", stieß ich atemlos hervor.

Abrupt ließ Julian mich los. „Ich kenne Frauen und vor allem dich sehr gut. Du willst mich noch immer."

Ich war geschockt. Julian hatte erschreckenderweise den Nagel auf den Kopf getroffen. Jetzt zog er sanft den Reißverschluss vom Trainingsanzugoberteil herunter. Ich bebte und war nicht im Stande, mich dagegen zu wehren. Er zog mich weiter aus, berührte und küsste mich und ich ließ es zu. Jetzt würde er wieder mir gehören. Inzwischen würde ich alles dafür tun, dass er mich nicht wieder verließ und stolz auf mich wäre. Ich wollte Julian nicht noch einmal verlieren. Ich strebte im Taumel der Hormone ein märchenhaftes Happy End an... "Und wenn sie nicht gestorben sind, dann...", ja was dann? „...Dann ist sie wieder in der Klapse!"

„Stopp!", rief etwas in meinem Inneren.

Ein Gespräch mit einem meiner Klinikfreunde zog an meinem inneren Auge vorbei. Er hatte mir gesagt, dass mein Problem ist, dass ich etwas oder jemand einfach nicht loslassen konnte und wollte. Ich hätte nur Angst vor Veränderungen und würde zu sehr an der Vergangenheit wie auch dem mir Vertrauten hängen. Um zufrieden und glücklich zu werden, müsste ich jedoch stets nach vorne und nicht nach hinten schauen. Wäre in der Vergangenheit nämlich alles richtig gelaufen, wäre ich nicht in der „Klapse" gelandet.

Damals hatte ich meinen Klinikfreund nicht sehr ernst genommen. Er kannte mich nicht lange genug, um sich solch ein Urteil von mir bilden zu können. Zumindest hatte ich das damals gedacht. Aber er hatte mein Problem so zielsicher und treffgenau gefunden, wie er es bei so vielen anderen Problemen in meinem Leben auch geschafft hatte. Seine Bemerkungen waren mir damals oft als oberflächliche Bemerkung erschienen, nicht als durchdachter Ratschlag. Ich sah das Gesicht dieses Klinikfreundes André vor mir und Wärme durchströmte mich. Ich spürte Vertrauen und vor allem Verständnis. André hatte mich wirklich kennen gelernt, mit meinen Schwächen, und er hatte mich akzeptiert, wie ich war und nicht wie jemand, den er gerne hätte. Das genau waren die Gefühle, die Julian mir niemals würde geben können. Auf Julian war ich stolz. Er beherrschte mich im Bett genauso wie im Alltag. Es war vergleichsweise einfach, sich einem Herrscher zu unterwerfen, aber schwer, eine gleichberechtigte Beziehung aufzubauen.

Aber genau die wollte und brauchte ich für mein seelisches Wohlbefinden. Mit Julian gab es nur Aufs und Abs, die mich dauernd zermürbten. Ich wollte diese Spielchen definitiv nicht mehr. Ich verlangte nach Stabilität und nicht nach aufregendem Sex mit einem unzuverlässigen Macho.

Da ich Julian nicht geantwortet hatte, lag er jetzt wieder auf mir und drängte mit seinen Beinen meine Schenkel auseinander. Gleich würde es so weit sein! Doch mein Körper vibrierte nicht mehr. Andrés Gesicht zog wieder durch meine Erinnerung. In meinem Herz breitete sich eine angenehme Wärme und auf meiner Körperoberfläche eine Kälte aus, obwohl Julian noch mit seinem heißen Körper auf mir lag. Ich schaute Julian ins Gesicht. Er war mir so fremd geworden, als hätte ich ihn nie zuvor gesehen. Wir waren nicht füreinander geschaffen, wir waren grundverschieden und verstanden uns gegenseitig kein bisschen. Es war einfach zu viel Verletzendes geschehen, das die romantische Vergangenheit mit ihm auslöschte.

„Stopp, Julian!", schrie ich fast heraus.

„Was ist denn los?", fragte er mit rauchiger Stimme und küsste meinen Körper weiter.

„Ich kann das nicht mehr. Es ist zu viel passiert und ich brauche ein anderes Leben, als das, was du dir wünschst. Es tut mir leid, aber jeder von uns sollte seinen eigenen Weg gehen." Ich spürte, dass dies die richtige Entscheidung war.

„Weist du mich ab?" Nun lag ein Drohen in Julians Stimme.

„Ja!"

„Ist das deine Art von Rache? Wie du willst. Wenn du allerdings der Gehirnwäsche der „Klapse" entkommen bist und normal wirst, dann denke daran, dass ich dir hier und jetzt deine letzte Chance auf eine Beziehung mit mir angeboten habe, die du ausgeschlagen hast. Ich bin kein Mann, den eine Frau hin und her schupsen kann, wie es ihr gerade so beliebt." Julian zog sich langsam an. Ich merkte, dass er darauf wartete und auch damit rechnete, dass ich doch noch nachgab.

„Genau das will ich nicht mehr: Drohungen, Unsicherheiten, Verletzungen und deine unendliche Arroganz." Ich redete mehr vor mir her, aber es war auch deutlich bei Julian angekommen.

„Welche bewusstseinsverändernden Mittel geben sie dir denn da? Du bist doch überglücklich, wenn ich dir mal meine Aufmerksamkeit schenke. Was willst du graue Maus denn sonst?"

„Dich will ich jedenfalls in keiner Form mehr. Der Rest geht dich nichts mehr an, zumal du es auch nicht verstehen würdest."

Julian schwieg. Ich schaute ihm zu, wie er sich anzog. Ich wankte nicht mehr. Ich wartete geduldig, bis er meine Wohnung, mich und mein Leben verließ.

Ohne eine Verabschiedung knallte er von draußen die Wohnungstür ins Schloss. Aber das war ich inzwischen von ihm gewöhnt und es wäre mir unheimlich vorgekommen, wenn sich an diesen eingespielten Verhaltensweisen von ihm etwas geändert hätte.

KAPITEL 26

Drei Stunden später saß ich im Auto und fuhr langsam zurück in mein zu Hause, meine Höhle und meinen Bunker: in die Klinik. Ich freute mich, dorthin zurückzukommen und die anderen Patienten wieder zu treffen. Doch ein stechender Schmerz durchfuhr mein Herz. Meine besten Freunde waren nicht mehr dort: Vanessa, André und Heiko. Wie sehr vermisste ich sie - jeden einzelnen, aber vor allem André. Er hatte mir damals angedeutet, dass er der Richtige für mich sein könnte. Ich dumme Kuh hatte ihn wegen Julian abgewiesen. Vielleicht war er der Wichtigste für mich gewesen? Vielleicht hatte ich die vielen Abschiedstränen, wenn jemand meiner Freunde die Klinik verlassen hatte, vor allem wegen ihm geweint?

Als ich zwei Stunden später in meinem Patientenzimmer der Klinik ankam, wusste ich, dass ich Gewissheit brauchte. Hing ich an André nur, weil er mir deutlich seine Zuneigung gezeigt hatte und ich ihn ihm die Chance sah, der Einsamkeit als Single zu entfliehen? Suchte ich wieder nur die Sicherheit, anstatt mir das Optimum zu erkämpfen? Dieses Mal würde ich gleich Vanessa anrufen, um mehr über die beiden anderen zu erfahren.

Ich wählte Vanessas Rufnummer auf meinem Handy. „Hallo Tanja! Ich vermute, du bist gerade in der Klinik angekommen und hast Sehnsucht nach mir?", freute sich Vanessa.

„Ja und nein, wenn ich ehrlich bin", kicherte ich ein wenig verlegen.

„Du bist nicht in der Klinik angekommen? Bist du schon entlassen worden? Davon hast du mir in unserem Gespräch letzten Mittwoch doch gar nichts gesagt?", erkundigte sich Vanessa halb scherzend, halb erstaunt.

„Nein, ich sitze tatsächlich gerade auf meinem Bett im Klinikzimmer. Aber dieses Mal rufe ich nicht wegen dir an, jedenfalls nicht in erster Linie."

„Was gibt es denn, Tanja? Probleme mit Julian?"

„Nein, mit meinem Ex-Freund werde ich nie wieder Probleme haben. Ich habe ihm gesagt, dass es vorbei mit uns ist."

„Gratulation, Tanja! Das ist ein extrem wichtiger und absolut richtiger Schritt gewesen."

„Das glaube ich inzwischen auch. Allerdings vermisse ich euch alle hier heute. Mit Heiko und André hatte ich gar keinen Kontakt mehr. Weißt du, wie es Ihnen geht, Vanessa?"

„Ja, ich habe mit beiden noch telefonischen Kontakt. André geht es gut. Er hatte schon eine Woche nach seiner Entlassung eine Freundin. Er erzählte mir, dass die Freundin ihm die erste Zeit nach der Klinik sehr über die Einsamkeit hinweggeholfen hätte. Ich weiß, dass er in der Klinik mehr für dich empfunden hat, aber anscheinend war das wohl nur die übliche Klinikschwärmerei." Vanessa stockte.

„Übliche Klinikschwärmerei?", fragte ich enttäuscht nach. Litt ich etwa auch nur unter der „üblichen Klinik-Verliebtheit"?

„André mag dich wirklich und ihr habt euch sehr gut verstanden. Es tut mir leid, dass..."

Doch ich unterbrach Vanessa und das erste Mal, seit wir uns kennen gelernt hatten, log ich sie an: „Du musst mich nicht trösten. Ich freue mich sehr für André und bin sogar erleichtert, dass er keine über eine Freundschaft hinausgehenden Gefühle mehr für mich hat. Dann kann ich ihn ohne Bedenken bald mal anrufen."

„Ja, da ist eine gute Idee. André wird sich garantiert sehr freuen!" Vanessa atmete erleichtert auf.

„Geht es Heiko auch gut? Hat er vielleicht jetzt auch eine Freundin?" Leider kam die Frage nicht so locker und scherzend über meine Lippen, wie ich es beabsichtigt hatte, denn der Verlust von André schmerzte noch.

„Heiko geht es gut. Er redet nur nicht mehr so gerne über den Klinikaufenthalt, wie er mir sagte. Heiko versucht jetzt, in seinem Alltag zurechtzukommen und einen Job zu bekommen. Vermutlich hängt er dich telefonisch auch so schnell ab wie mich. Ich glaube, er leidet darunter, uns nicht mehr um sich zu haben. Wir müssen Heiko vermutlich noch etwas Zeit geben, ehe er sich wieder über den Kontakt mit uns freuen kann."

„Ich muss gestehen, Heiko auch noch nicht kontaktiert zu haben. In der letzten Zeit habe ich versucht, mein eigenes Leben mit neuer Wohnung und Arbeitsstelle zu organisieren."

„Das ist auch erst einmal wichtiger für dich! Zudem können sich die feinen Herren auch bei uns melden, wenn ihnen danach ist", scherzte Vanessa und ihr Verständnis tat mir sehr gut.

„Vielleicht sollte ich doch so ehrlich sein und gestehen, dass ich mir auch den Klinikvirus eingefangen habe", deutete ich vorsichtig an, denn ich hatte mich entschieden, meiner besten Freundin nun doch die Wahrheit zu erzählen.

„Welchen Klinikvirus?", fragte Vanessa besorgt nach und lachte dann lauthals los. „Ach, du meinst den „üblichen Klinikschwärmerei"-Virus. Wer ist es denn der Glückliche?"

„Ob er jetzt noch glücklich über meine plötzliche Zuneigung ist, weiß ich nicht, aber es ist André!"

„Das habt ihr ja gut gemacht. Solange er eine Beziehung mit dir will, hängst du Julian nach und weist André zurück. Wenn du dich endlich für André entschieden hast, hat er eine Freundin. Ich wäre dafür, dass du André nun auch deine Gefühle offenbarst. Da kannst du in der nächsten Einzelsitzung Frau Dr. Rieger eine ganze Menge neuen Gesprächs- und Analysierstoff bieten." Vanessa wollte vermitteln, dass sie sich über diese Entwicklung zwischen mir und André amüsierte. Dennoch spürte ich ihr tiefes Mitgefühl. Es tat so gut, Freunde zu haben, mit denen ich ganz offen reden konnte, die mich verstanden und mir sogar halfen. Wenn ich mich zuvor mit meinen Drehschwindelanfällen in der Hölle befunden hatte, so war ich jetzt im Himmel angekommen.

KAPITEL 27

Bei der nächsten Einzeltherapie in der psychologischen Klinik erzählte ich Frau Dr. Rieger von all den Ereignissen zu Hause.

„Deswegen sollen unsere Patienten schon die Wochenenden zu Hause verbringen, während sie noch bei uns in der Therapie sind: Dann können Sie hier noch alles loswerden und für mögliche Probleme in der Alltagsumgebung mit uns eine Lösung finden", lachte sie. „Ich bin aber sicher, dass Sie Ihr Leben jetzt sehr gut selbst meistern können und auch auf sich achten werden. Sie haben sich sehr verändert in der Zeit hier und strahlen viel mehr Fröhlichkeit und Selbstbewusstsein aus."

Ich nickte. „Da wäre aber noch etwas", druckste ich herum.

„Noch etwas? Sie müssen ein ungewöhnlich ereignisreiches Wochenende in Ihrem neuen Heim erlebt haben?" Frau Dr. Rieger lehnte sich jedoch sehr neugierig nach vorne.

„Ich habe mich verliebt. Es ist nicht so wie bei Julian, sondern wir verstehen uns extrem gut. Es scheint mir eher eine richtige, bodenständige Liebe zu sein", versuchte ich, ihr zu erklären.

„Das ist doch schön", grinste Frau Dr. Rieger. „Ist dieser Mann ein Patient dieser Klinik?"

„Ja, das war er. Was soll ich tun?"

„Weiß dieser Mann, welche Gefühle Sie für ihn haben?"

„Nein, mir war es selbst bis zum Wochenende noch nicht so richtig klar. Ich habe viel an diesen Freund gedacht, aber auch geglaubt, ich würde noch zu sehr an Julian hängen. Er hatte einmal angedeutet, dass er womöglich der richtige Mann für mich wäre. Damals habe ich ihn zurückgewiesen. Nun hat er eine Freundin."

„Sie wollen doch eine Beziehung mit Vertrauen und Aufrichtigkeit aufbauen? Dazu passt nur eine einzige Handlung von Ihnen: Sagen Sie es ihm! Seien Sie offen und ehrlich zu ihm." Frau Dr. Rieger lächelte spitzbübisch. „Wollen Sie mir vielleicht verraten, wer es ist?"

Einen Moment zögerte ich noch, doch dann nannte ich ihr Andrés Namen. Während ich an ihn dachte, stieg ein warmes, vertrautes Gefühl in mir hoch. Es war kein aufgeregtes Kribbeln, sondern eher eine tiefe Verbundenheit.

Dieser Mann, den ich liebte, war ebenfalls Frau Dr. Riegers Patient gewesen. Daher wagte ich es, diese Frage zu stellen: „Glauben Sie, ich hätte dennoch eine Chance bei ihm? Ich meine, vielleicht hat er mich in einer damaligen Therapiesitzung mit Ihnen mal erwähnt, woraus man schließen könnte, wie sehr... und ob noch immer... Und ob es nicht nur eine leichte Verliebtheit..."

Doch Frau Dr. Rieger unterbrach mich: „Frau Brauner, Sie wissen doch, dass ich unter Schweigepflicht stehe. Seine Reaktion ist aber erst einmal zweitrangig, da Sie sie nicht beeinflussen können. Entscheidend ist, dass Sie die Kraft und den Mut aufbringen, zu Ihren Gefühlen zu stehen, ihm das mitzuteilen und für Ihr Glück zu kämpfen."

„Gut, ich rufe ihn nachher gleich an", stöhnte ich. Ich dachte an die schwerste Prüfung von Vanessa, die Spinne über ihre Hand krabbeln zu lassen. Nun war ich dran. Das hier war wohl meine schwerste und zugleich meine letzte Prüfung, denn mein Entlassungstermin stand in Kürze an.

Nach dem Mittagsessen saß ich in meinem Raum und wählte Andrés Telefonnummer. Warum eigentlich hatte ich ihn nie nach seiner Entlassung angerufen oder wenigstens eine SMS geschickt? Hatte ich ihm keine falschen

Hoffnungen auf eine Beziehung vorgaukeln wollen? Hatte ich etwa Angst? Angst, dass er mich so zurückstoßen könnte, wie ich es mit ihm getan hatte? Unbewusste Angst vor meinen eigenen Gefühlen für ihn?

Seiner Angst muss man sich stellen - das hatte ich in den letzten Wochen in dieser psychiatrischen Klinik gelernt und ausgiebig geübt. Also überwand ich meine Sorgen und rief ihn an.

André meldete sich sofort. „Hallo Tanja. Wie schön von dir zu hören. Ich dachte schon, du würdest dich inzwischen kaum noch an mich erinnern können. Ich wollte dich auch mal besuchen. Mir war aber nicht klar, ob du etwas dagegen hättest", sprudelte er offensichtlich sehr erfreut über meinen Anruf los, denn normalerweise redete er überlegter und ruhiger.

Ich lachte auf. „Ich vermisse alle so sehr...". Eigentlich wolle ich noch ergänzen "am meisten aber dich!", aber er hakte gleich ein.

„Wir waren eine tolle Truppe. Du weißt doch noch, dass ich hier in der Nähe wohne? Soll ich dich heute Abend mal ganz spontan auf einen Klinikkaffee besuchen kommen? Leider werde ich die anderen beiden aber nicht so kurzfristig bewegen können, mitzukommen, oder soll ich sie für dich entführen?"

Ich amüsierte mich köstlich. Er war völlig überdreht und redete sich dabei um Kopf und Kragen, was nicht sehr häufig bei ihm vorkam. Das war einer der Dinge, die ich so sehr an André liebte: seine Ehrlichkeit und Direktheit. Ich spürte deutlich, wie sehr sich André über meinen Anruf freute.

„Ich will heute nur dich sehen und mit dir sprechen", reagierte ich daher und ergänzte noch vorsichtig: „...Das heißt, wenn du mich alleine treffen willst." Ich dachte daran, dass seine Freundin nicht unberechtigterweise etwas dagegen haben könnte und ich wollte André nicht in Probleme bringen.

„Du weißt doch, dass du bei mir manchmal nicht so richtig zum Selbstreden kommst. Soviel ich weiß, hast du heute keine Therapie mehr, oder? Ach, ist egal, sonst warte ich und begrüße noch ein paar andere meiner ehemaligen Mitpatienten, die noch in der Klinik sind. Vielleicht kann ich mich auch noch daran erinnern, wo der Kaffeeautomat stand."

„Es wird mir eine Ehre sein, extra für dich frischen Kaffee zu kochen", scherzte ich. Er tat so herrlich unbekümmert, auch wenn ich wusste, dass er im Grunde ein sehr ernster, verantwortungsvoller Mensch war, der sein Leben bestimmt nicht auf die leichte Schulter nahm.

„Nein, den koche ich. Schließlich habe ich auch eine tolle Neuigkeit. Ich habe wieder einen Job, bereits nächste Woche fange ich dort an."

„Gratulation! Das freut mich sehr. Wie sieht es mit einer Freundin aus?", fragte ich vorsichtig an. Stelle dich deiner Angst! Gehe einen gradlinigen Weg auf dein Ziel zu!

André antwortete nicht sofort. Aber dann kam seine Erwiderung doch, wenn auch ein wenig zögerlich: „Da gibt es schon eine tolle Frau, die ich sehr mag. Aber das erzähle dir alles später persönlich. Bis gleich dann."

Ich schluckte. Er würde mir von einer Frau erzählen, mit der er zusammen war. Das hörte sich nicht besonders gut für mich an, die ihm heute ihre Liebe gestehen wollte. Dann war und blieb ich wohl tatsächlich nur eine Kameradin für ihn.

Ich entspannte bewusst die Schultern, die ich plötzlich wieder hochgezogen hatte. André musste seine Entscheidungen treffen und ich meine. Ich würde ihm gleich mitteilen, was ich für ihn empfand und alles andere lag nicht in meinem Einflussbereich.

André kam mit einem Geschenk bei mir an: ein wunderschöner, bunter Kugelschreiber mit einer schwarzen Mine. Ich liebte Kugelschreiber jeder Art und der von ihm war etwas ganz Besonderes für mich. Ich drückte meinen Klinikfreund lange und freute mich wahnsinnig darüber, ihn wiederzusehen.

„Du strahlst so sehr. Mir wird richtig warm ums Herz", sprach André treffend genau aus, wie auch ich mich fühlte.

„Wie hattest du überhaupt annehmen können, dass ich mich über deinen Besuch nicht freue?", fragte ich ihn mit tadelndem Gesicht.

„Darüber wundere ich mich jetzt auch. Aber bei Frauen, die ich mag, bin ich manchmal etwas zu aufgedreht und das nervt sie", erklärte er, während er bereits anderen Mitpatienten, die er noch in seiner Klinikzeit kennen gelernt hatte, lebhaft zuwinkte.

„Wie viele Frauen gibt es denn inzwischen in deinem Leben?", fragte ich augenzwinkernd. Eigentlich war es unsinnig, dass ich eine lockere Art vorspielte. Ich würde ihm gleich in meinem Zimmer sowieso die Wahrheit sagen.

„Viele, ganz viele, natürlich. Was soll ein Mann sonst anderes sagen?", mein geliebter Klinikfreund zwinkerte zurück.

„Blödmann." Ich stupste ihn an. Aber es war nicht mehr so kameradschaftlich rau wie früher, sondern eher sanft streichelnd.

„Du bist aber kraftlos geworden", wunderte sich André. Anscheinend hatte er meine Berührung nicht als zärtlich, sondern schwach empfunden. Das war keine gute Voraussetzung für meine geplante Offenbarung in ein paar Minuten. Was erwartete ich aber auch, nachdem ich ihm bereits mein Desinteresse an einer Beziehung mit ihm klar gemacht hatte.

„Den Grund für meine angebliche Kraftlosigkeit erzähle ich dir gleich in meinem Zimmer. Gehen wir?"

André nickte und schaute mich plötzlich sehr ernst an. Er kannte mich sehr gut und wusste, dass mir etwas Wichtiges auf der Seele brannte.

KAPITEL 28

Es war zermürbend und ich fragte mich, ob er mich mit Wonne so quälte, weil ich ihn damals zurückgewiesen hatte. An jeder Ecke blieb André stehen und begrüßte die Pfleger, Schwestern und die Mitpatienten. Überall wurde ein Pläuschchen gehalten und ich auf die Folter gespannt. André wirkte wie weggetreten, während ich ungeduldig neben ihm herlief und von einem Bein auf das andere trat, wenn ich auf ihn warten musste. Dies erinnerte mich sehr an die gemeinsamen Unternehmungen mit Julian und seiner Zwillingsschwester Susan. Doch ab jetzt würde ich mich nicht mehr so in den Schatten stellen lassen. Falls André der Richtige wäre, dann würde er mich auch jetzt verstehen.

„So langsam gewinne ich den Eindruck, du willst gar nicht mit mir reden", lächelte ich verkrampft.

„Das stimmt nicht. Ich rede für mein Leben gern und möglichst viel. Damit ich dich damit nicht nerve, lass ich meine Wörter hier bei den anderen schon frei." André schien sehr nervös zu sein, denn so überdreht kannte ich ihn bisher nicht.

„Erst einmal reden wir beide miteinander und dann kannst du mit deinen Wörtern machen, was du willst!" Ich nahm André an die Hand und zog ihn hinter mir her in mein Zimmer.

„Setz dich, du Energiebündel!", lachte ich und schupste ihn auf mein Bett.

„Mir geht es so gut!", plapperte André weiter. Seine Stimme zitterte. „Ich werde Händchen haltend durch die Gänge geführt, von allen lieb begrüßt, werde dauernd umarmt und..." Seine Stimme versagte.

Das war meine Chance: „... Eine Frau, die dich liebt, stößt dich auf ihr Bett, während deine Freundin zu Hause auf dich wartet. Nun mach' was draus!" Es war mir einfach herausgerutscht.

André starrte mich wortlos mit großen Augen an. Mist, warum konnten alle Männer in den unpassendsten Momenten auf Kommando ihren niedlichen, harmlosen Welpenblick aufsetzen?

„So sprachlos kenne ich dich gar nicht. Vielleicht sollte ich mir das doch nochmal überlegen - das mit meiner Liebe und dir!", bohrte ich weiter nach.

„Tanja, würdest du bitte so höflich sein und mich in Ruhe antworten lassen?"

„Na klar, ausnahmsweise darfst du auch mal reden!", scherzte ich, obwohl mir gar nicht mehr nach Witzen zumute war.

„Ich bedanke mich, liebste Tanja. Also beginne ich meinen Satz neu, bei dem du mich unterbrochen hast: ich werde Händchen haltend durch die Gänge geführt, von allen lieb begrüßt, werde dauernd umarmt und meine Traumfrau schupst mich auf ihr Bett. Tanja, wieso sollte meine Freundin zu Hause auf mich warten, wenn ich dich besuche?"

Ich schluckte. Erst bezeichnet mich André als seine Traumfrau und dann erwähnt er im selben Satz seine Freundin. Was sollte ich gerade bei dem sonst immer so klaren André davon halten?

„Weiß deine Freundin nicht, dass du hier bist?", fragte ich vorsichtig.

„Welche Freundin, Tanja?" André nahm meine Hand. Normalerweise hätte mein Herz dabei vor Freude aufgehüpft, jetzt war ich jedoch zu verwirrt, um zu verstehen, was hier vor sich ging.

„Vanessa hat mir erzählt, dass du eine Freundin hättest, die dir in der ersten Zeit nach der Entlassung aus der Klinik sehr geholfen hat. Ich wollte dir nur sagen, was ich für dich empfinde. Es war mir im Grunde klar, dass unter diesen Umständen nichts aus uns werden kann. Also sollten wir besser das Thema wechseln", redete ich los.

„Tanja, nicht so schnell. Du versuchst wieder, den Problemen auszuweichen und es recht zu machen. Du hast mich ein Mal zurückgewiesen, weißt du das noch?"

„Ja, natürlich."

„Nun liebst du mich aber plötzlich?" André war wieder der ruhige, überlegte Freund geworden, als den ich ihn kannte.

„Ja!"

„Warum so plötzlich?"

„Ich habe die Zeit gebraucht, um mir klar darüber zu werden, dass ich mit meinem Ex-Freund Julian auch wirklich abgeschlossen habe. Als er mich letztes Wochenende zurückerobern wollte und auf gemeinsamen Sex hinsteuerte, war mir plötzlich klar, dass ich nicht mehr ihn, sondern dich liebe."

„Wegen dem Sex?" André machte es mir heute verflixt schwer.

„Nein, natürlich nicht. An Julian hatte ich sehr gehangen, aber er passt nicht in meine Vorstellung meines zukünftigen Lebens. Er ist nicht vertrauenswürdig. Manchmal muss das Herz einfach merken, wo es hüpft und wo nur ein Überschuss an Hormonen im Spiel war."

„... und würdest du mich auch noch wollen, wenn ich impotent wäre ", fragte André vorsichtig nach.

Plötzlich lachte ich los. „Du kennst mich doch. Es gibt tausende Dinge, die mir mit so einem tollen Partner wie dir Freude machen würden - in erster Linie jedoch, mein Leben mit dir zu verbringen. So, nun kannst du wählen zwischen mir und deiner Freundin."

„Meine Freundin und du... mmmmh. Ich befürchte mal...", André ließ sich mit seiner Antwort enorm viel Zeit. „Ich denke, das ist dieselbe Person. Tanja, ich habe eine Freundin, eine Schulfreundin, die verheiratet ist und zwei Kinder hat. Sie war einfach nur für mich da, wenn ich reden wollte und mich einsam fühlte. Wenn man hier aus dem Trubel der Patientenwohngemeinschaft dieser Klinik kommt, ist ein Singleleben in einer geschlossenen Wohnung plötzlich sehr, sehr ruhig und einsam. Dich wollte ich auch nicht belästigen, denn ich wusste, dass du vieles zu klären und organisieren hattest und dich auf dein Leben außerhalb der Glasglocke vorbereiten musstest. Außerdem..."

Ich konnte das Ende seiner restlichen Erklärungen nicht mehr abwarten, sondern umarmte ihn und gab ihm einen Kuss. André drückte mich ganz fest an sich. Er gab mir Sicherheit, Klarheit und ein ruhiges Glücksgefühl.

Das erste Mal seit Jahren hatte ich den Eindruck, mein Leben und meine Wege selbst bestimmen und aussuchen zu können. Ich hatte gelernt, den richtigen Weg aus dem Irrgarten meines Lebens zu finden. Ich war mir zwar nicht sicher, nie wieder in einem Labyrinth zu stecken, aber mir war klar, dass ich zukünftig immer mit eigener Kraft sowie rechtzeitig genug herauskäme. Auch, wenn im Grunde nicht mehr nötig wäre, alles alleine zu schaffen. Schließlich waren André und ich ein Paar, bei dem jeder durch seine höllischen Tiefen im Leben gegangen war, sich dort wieder herausgehievt hatte und nun bereit war, eine ehrliche, vertrauensvolle, sich gegenseitig unterstützende Beziehung miteinander zu führen.

Nachwort:

Die kompetente Psychologin Frau Dr. Rieger hatte mit ihren Prognosen zu meinem Drehschwindel Recht behalten. Leider musste ich immer wieder darauf achten, meine

Belastbarkeitsgrenzen zu erforschen und vor allem, sie nicht zu lange Zeit zu überschreiten. Dennoch war mir ein normales Leben mit Kind, Mann und sogar Karriere möglich. In der Regel alle zwei Jahre verschaffte sich „Torporas", mein Drehschwindel, mit deutlichen Attacken zu Wort, wenn ich mal wieder leichtsinnig mit Stress umgegangenen war. Mit Geduld und etwas Kraft, die Panikanfälle einfach zu ignorieren, blieben sie jedoch nie mehr lange. Nie wieder musste ich mich wegen „Torporas'" vorübergehenden Besuchs krankschreiben oder mich therapieren lassen.

Ende

Am Ende des Romans ein Gedicht, das ich in meiner Klinikzeit geschrieben habe:

Die Welt versinkt in mir
mit grauer Decke hier.
Kein Weg heraus, kein Weg herein,
meist're den Alltag so zum Schein.
Spiele stark und unbesiegbar -
seh' die Schwäche in mir ganz klar.
Keine Gabelung - kein Wegweiser -

die Hoffnung wird immer leiser.

Nichts funktioniert bei mir mehr!
Nun muss endlich Hilfe her!
Eine Psychiatrie darf es bloß nicht sein -
falle auf das Klischee der "Irren" rein.
Will mein Versagen bloß nie zugeben -
„Schaff's alleine", denke ich verwegen.

Der Tag kommt und die Panik auch.
„Rien né vas plus", sagt mein Bauch,

Ich gebe zu, die Menschen zu brauchen,
Die mir wieder mein Leben einhauchen -
in einer Klinik mit Gleichgesinnten.
Nur weg mit den alten Hirngespinsten.
Ich geh' in die Klinik und helfe mir,
verdränge all die Anerkennungsgier.
Finde gute Freunde und mich und mehr!
Ich genieße das Klinikleben sehr!
Ein Erlebnis in einer and'ren Welt
bis der Wecker des Alltags wieder schellt.

Ich bin nun gestärkt und werde danach
streben
    sie zu meistern, die Belastungen des Lebens.

von Tanja Brauner